SINAL VERMELHO

Livros do autor publicados pela **L&PM** Editores:

Todos os contos de Maigret – vol. 1
Todos os contos de Maigret – vol. 2

Coleção **L&PM** POCKET:

Romances com o inspetor Maigret:

A barcaça da morte
A fúria de Maigret
A louca de Maigret (inédito)
A noite da encruzilhada
A primeira investigação de Maigret
A velha senhora
As férias de Maigret
As testemunhas rebeldes
Liberty Bar (inédito)
Maigret e a morte do jogador (inédito)
Maigret e o corpo sem cabeça (inédito)
Maigret e o fantasma (inédito)
Maigret e o finado sr. Gallet (inédito)
Maigret e o homem do banco
Maigret e o ladrão preguiçoso (inédito)
Maigret e o matador (inédito)
Maigret e o mendigo (inédito)
Maigret e o negociante de vinhos (inédito)
Maigret e o sumiço do sr. Charles (inédito)
Maigret e os colegas americanos (inédito)
Maigret e os crimes do cais (inédito)
Maigret e os homens de bem
Maigret e seu morto
Maigret em Nova York
Maigret em Vichy (inédito)
Maigret na escola (inédito)
Maigret sai em viagem (inédito)
Maigret se defende (inédito)
Maigret se diverte (inédito)
Memórias de Maigret (inédito)
Morte na alta sociedade
O amigo de infância de Maigret (inédito)
O assassino sem rosto
O cão amarelo
O caso Saint-Fiacre
O enforcado
O medo de Maigret
O mistério das joias roubadas
O porto das brumas
O revólver de Maigret (inédito)
Os escrúpulos de Maigret (inédito)
Um crime na Holanda (inédito)
Um engano de Maigret
Uma sombra na janela

Outros romances:

A casa do canal (inédito)
A fuga do sr. Monde (inédito)
Ainda restam aveleiras
O burgomestre de Furnes
Sinal vermelho (inédito)

GEORGES SIMENON

SINAL VERMELHO

Tradução de Celina Portocarrero

www.lpm.com.br

L&PM POCKET

Coleção **L&PM** POCKET, vol. 818

Texto de acordo com a nova ortografia.
Título original: *Feux rouges*

Primeira edição na Coleção **L&PM** POCKET: setembro de 2009
Esta reimpressão: maio de 2011

Tradução: Celina Portocarrero
Capa: Ivan Pinheiro Machado. *Foto*: Werner Bischof/Magnum Photos
Preparação: Gustavo de Azambuja Feix
Revisão: Lia Cremonese

CIP-Brasil. Catalogação-na-Fonte
Sindicato Nacional dos Editores de Livros, RJ.

S599s

Simenon, Georges, 1903-1989
Sinal vermelho / Georges Simenon; tradução de Celina Portocarrero. – Porto Alegre, RS : L&PM, 2011.
176p. – (Coleção L&PM POCKET, v. 818)

Tradução de: *Feux rouges*
ISBN 978-85-254-1935-4

1. Romance francês. I. Portocarrero, Celina. II. Título. III. Série.

09-3216. CDD: 843
CDU: 821.133.1-3

Rua Comendador Coruja 314, loja 9 – Floresta – 90.220-180
Porto Alegre – RS – Brasil / Fone: 51.3225.5777 – Fax: 51.3221-5380

Pedidos & Depto. Comercial: vendas@lpm.com.br
Fale conosco: info@lpm.com.br
www.lpm.com.br

Impresso no Brasil
Outono de 2011

SOBRE O AUTOR

GEORGES JOSEPH CHRISTIAN SIMENON nasceu na cidade belga de Liège, em 12 de fevereiro de 1903, filho de Desiré Simenon, contador de uma companhia de seguros, e Henriette. A família era católica, e o comparecimento a rituais da Igreja foi uma constante na infância do autor. Christian, filho mais novo do casal, era o preferido de Henriette, enquanto Georges venerava o pai, um homem paciente que não desperdiçava palavras. Era adolescente quando Liège foi ocupada pelos alemães durante a Primeira Guerra Mundial.

Ainda na juventude do autor, seu pai adoeceu gravemente do coração. Georges abandonou a escola e começou a trabalhar. Passou por vários empregos, até que, em janeiro de 1919, foi admitido como office boy no *Gazette de Liège*, sendo posteriormente promovido a repórter. Escreveu sob vários pseudônimos, até chegar ao nome de Georges Sim, que usaria por doze anos. Na atividade jornalística, adquiriu várias habilidades que muito lhe valeriam na carreira de romancista: escrever rápido e respeitar prazos. Paralelamente ao trabalho, nesse período Simenon aplicou-se no estudo de medicina forense. Também nessa época começou suas primeiras experimentações literárias e conheceu Régine Renchon, a quem apelidou de Tigy, sua futura mulher.

Seu pai morreu em 1921, e, após cumprir o serviço militar, Georges mudou-se para Paris, em 1922, onde se sustentou graças ao salário como secretário particular. Nos anos seguintes, ele se estabeleceria como autor de literatura *pulp*, além de frequentar artistas da cena francesa, como o cineasta Jean Renoir, de quem se tornou amigo, e a cantora americana Josephine Baker, de quem foi amante. Já nessa época estava em gestação aquele que se tornaria um dos mais famosos personagens da literatura ocidental, o inspetor Jules Maigret.

Entre 1929 e 1930, Simenon escreveu sob pseudônimo vários textos que prenunciavam o surgimento da série em que o comissário da Polícia Judiciária francesa desvenda uma série de crimes. Os anos de 1930 e 1931 foram dedicados à redação dos romances que comporiam a série Maigret e que seriam publicados já com o nome do autor pela editora francesa Fayard a partir de 1931. *Pietr-le-Letton* (*O assassino sem rosto*) foi o primeiro desses romances a ser escrito, mas *Monsieur Gallet, décédé* foi o primeiro a ser publicado, obtendo sucesso imediato, como os demais livros que se seguiriam. Todo o universo e a ética de Maigret já estavam estabelecidos nos primeiros livros da série. As histórias protagonizadas pelo inspetor Maigret – parisiense, fumante de cachimbo, usando sempre um sobretudo de gola de veludo e chapéu – compõem uma categoria *sui generis* da literatura policial: o êxito junto ao público deve-se menos ao enredo e à descoberta do mistério do que ao misto de ceticismo e esperança com o qual o taciturno Maigret vê a sociedade – visão psicológica que é a principal arma desse humanista no combate contra o crime. Com o passar dos anos, a composição dos personagens secundários se tornaria mais complexa e o tom dos romances, mais filosófico.

Em 1933, já havia escrito seis romances em um estilo diferente do que praticara até então, que ele chamou de *roman dur*: romances que não necessariamente giram em torno de um crime e que se apoiam, sobretudo, na riqueza psicológica dos personagens. A essa altura a família já estava vivendo na propriedade em La Rochelle, na costa oeste da França.

Em 1945, Simenon – já com problemas de coração –, Tigy e o filho do casal, Marc, deixaram a Europa em direção à América. Lá, ele conheceu Denyse Ouimet, que se tornaria sua segunda mulher. Em 1953, nasceu Marie-Jo, a única filha do autor, que acabaria se suicidando em 1978. Em 1955, a família retornou à Europa, estabelecendo-se na Suíça.

A década que se seguiu foi turbulenta: Denyse sofreu de problemas psiquiátricos que a levaram à internação, em 1962, e, em 1964, abandonou a recém-construída residência familiar, na cidade suíça de Épalinges. Em 1970, morreu a mãe de Simenon, com quem ele sempre tivera relações problemáticas, e nesse mesmo ano ele escreveu seu último *roman dur*, *Les Innocents*, além de *Maigret et monsieur Charles*, o último romance protagonizado por Jules Maigret. A partir de 1973, Simenon ditou e escreveu apenas livros de memórias que, como seus textos autobiográficos, são vistos com reservas por muitos estudiosos de sua obra, no que diz respeito à veracidade dos fatos. Nos últimos anos, o escritor viveu recluso, fazendo aparições públicas apenas ocasionalmente, das quais a mais famosa foi a entrevista dada ao cineasta e amigo Federico Fellini, na qual afirmou ter mantido relações com dez mil mulheres. Morreu aos 86 anos, no dia 4 de setembro de 1989, em Lausanne.

Simenon, o mais emblemático caso de proficuidade literária do século XX, é autor de mais de duzentos romances (75 dos quais protagonizados pelo inspetor Maigret), 155 contos (trinta com Maigret) e 25 textos autobiográficos.

Esses números são apenas aproximados, já que vários escritos foram publicados apenas em periódicos, sob até 29 pseudônimos. Dezenas de livros seus foram adaptados para a tevê, cinema e quadrinhos, e a sua venda mundial é estimada em 1,5 bilhão de exemplares, em mais de cinquenta línguas. Atestando a sua permanência literária e a excelência de sua ficção, foi recentemente eleito o segundo melhor autor de livros de mistério pelo jornal *The Times*, somente atrás de Patricia Highsmith.

SUMÁRIO

Para Marie-Georges Simenon

CAPÍTULO I

Chamava aquilo de entrar no túnel, uma expressão dele, de uso pessoal, que não empregava com os outros, menos ainda com sua mulher. Sabia exatamente o que queria dizer, no que consistia estar no túnel, mas, coisa curiosa, quando ali estava se recusava a reconhecê-lo, a não ser de modo intermitente, durante alguns segundos, e sempre tarde demais. Quanto a determinar o momento preciso em que entrava, tentara muitas vezes, logo depois, sem conseguir.

Hoje, por exemplo, começara o fim de semana do Labor Day em excelente estado de espírito. Já acontecera outras vezes. Acontecera também do fim de semana não terminar tão mal. Mas não haveria alguma razão para que fosse inevitável?

Às cinco horas, saiu de seu escritório na Madison Avenue e, três minutos depois, encontrou sua mulher no barzinho na 45th Street, aonde ela chegara antes dele e não esperara para pedir um martíni. Havia poucos clientes na sala pouco iluminada. A bem da verdade, não percebeu qualquer rosto conhecido porque, naquela sexta-feira, ainda mais apressadas do que nas outras sextas, as pessoas corriam para os trens e carros que as levavam para o mar ou para o campo. Em uma hora, Nova York estaria vazia, só restando, nos bairros tranquilos, homens sem paletó e mulheres de pernas nuas sentadas à soleira das casas.

Ainda não chovia. Desde a manhã – há três dias, na verdade – o céu estava fechado, o ar tão úmido que se podia olhar para o sol amarelo-claro como através de um vidro embaçado. Agora, os serviços meteorológicos anunciavam tempestades locais e prometiam uma noite mais fresca.

– Cansado?

– Não muito.

Encontravam-se todas as tardes à mesma hora, no verão, quando as crianças estavam na colônia de férias, sempre nos mesmos tamboretes, com Louis, que se contentava em lhes piscar o olho e os servia sem esperar pelo pedido. Não tinham uma necessidade imediata de conversar. Um dos dois estendia ao outro um cigarro. Às vezes, Nancy empurrava até ele o pote de amendoins, em outras era ele quem lhe oferecia as azeitonas, e ambos olhavam vagamente para o pequeno retângulo pálido da televisão, preso bem no alto do canto direito do bar. Imagens se moviam. Uma voz comentava uma partida de beisebol ou uma mulher cantava. Não era importante.

– Você vai poder tomar uma ducha antes de sair.

Era o seu jeito de cuidar dele. Ela nunca deixava de lhe perguntar se estava cansado, dando-lhe o tipo de olhar que se dá a uma criança que está ficando doente, ou que tem a saúde frágil. Aquilo o constrangia. Sabia que não estava bonito naquela hora, com a camisa que se colava ao corpo, a barba que começava a crescer e parecia mais escura sobre a pele amolecida pelo calor. Sem dúvida ela já percebera as manchas úmidas sob seus braços.

Era ainda mais embaraçoso porque ela estava tão fresca quanto ao sair de casa pela manhã, sem uma dobra em seu conjunto um pouco engomado, e ninguém poderia suspeitar, ao vê-la, que ela passara o dia num escritório; poderiam tomá-la por uma dessas mulheres que se levantam às quatro da tarde e fazem sua primeira aparição na hora do aperitivo.

Louis perguntou:

– Vocês vão buscar as crianças?

Steve concordou com a cabeça.

– New Hampshire?

– Maine.

Quantos pais haveria, em Nova York e no subúrbio, que, naquela tarde, pegariam a estrada para ir buscar seus filhos numa colônia de férias do Norte? Cem mil? Duzentos mil? Provavelmente mais. Haveriam de dar o número em algum lugar do jornal. E, além do mais, havia ainda os garotos que passaram o verão com uma avó ou uma tia, no campo ou à beira-mar. E era a mesma coisa por toda parte, de um oceano a outro, da fronteira canadense à do México.

Na tela da televisão um senhor sem paletó, de óculos com uma grossa armação de tartaruga que parecia lhe dar calor, anunciava num tom de morna convicção:

O National Safety Council *prevê para esta noite de quarenta a 45 milhões de automóveis nas estradas e avalia em 435 o número de pessoas que, de hoje até segunda-feira à noite, perderão a vida em acidentes de trânsito.*

E concluía, lúgubre, antes de ser substituído por um comercial de cerveja:

Evite ser uma delas. Seja prudente.

Por que 435 e não 430 ou 440? Esses avisos seriam repetidos a noite toda e também no dia seguinte, e no outro, entre os programas regulares, ganhando, nas últimas horas, uma aparência de concurso. Steve lembrava-se da voz de um locutor, um ano antes, quando eles voltavam do Maine com as crianças no domingo à noite:

"Até agora, o número de mortos ficou muito abaixo das previsões dos especialistas, apesar de uma colisão de aviões que fez 32 vítimas sobre o aeroporto de Washington. Mas tomem cuidado: o fim de semana ainda não acabou!"

– Quanto a mim – dizia Louis, que sempre falava a meia-voz, trazendo amendoins frescos –, minha mulher e o garoto estão com minha sogra perto de Quebec. Voltam amanhã, de trem.

Steve teve a intenção de pedir um segundo martíni? Em geral, Nancy e ele só tomavam um, a não ser às vezes, quando jantavam na cidade antes de ir ao teatro.

Talvez tivesse sentido vontade. Não necessariamente para levantar o ânimo, nem por causa do calor. Sem razão, afinal. Ou talvez porque não fosse um fim de semana comum. Quando voltassem do Maine, não haveria mais verão ou férias, seria no mesmo instante a vida de inverno que começaria, os dias cada vez mais curtos, as crianças que os obrigariam a voltar para casa direto do trabalho, uma existência mais complicada, sem qualquer lazer.

Aquilo não valeria uma bebida? Não disse nada, não fez nenhum gesto a Louis. Nancy também não adivinhou e se deixou deslizar de seu tamborete.

– Pague! Está na hora de ir.

Não ficara ressentido. Talvez um pouco decepcionado, ou constrangido. O que era constrangedor, sobretudo, era que Louis compreendera tudo muito bem.

Tinham duas ruas a percorrer para chegar ao estacionamento em que deixavam o carro durante o dia e, depois da 3th Avenue, já parecia domingo.

– Quer que eu dirija? – propusera Nancy.

Disse que não, instalou-se ao volante, dirigiu-se à Queensboro Bridge, por onde os carros seguiam em marcha lenta, uns atrás dos outros. Duzentos metros depois, já havia um carro virado à beira da calçada, uma mulher sentada no chão, gente em volta dela e um guarda que se esforçava para descongestionar a avenida à espera da ambulância.

– Não adianta sair cedo demais – dizia Nancy, procurando cigarros na bolsa. – Daqui a uma ou duas horas, o pior do trânsito já terá passado.

Algumas gotas d'água rolaram sobre o para-brisas enquanto atravessavam o Brooklyn, mas ainda não era a chuva anunciada.

Estava de bom humor, naquele momento. E também quando chegaram em casa, em Scottville, um loteamento recém-construído no centro de Long Island.

– Você se importa de comer um jantar frio?

– Até prefiro.

A casa também mudaria com a volta das crianças. No verão, havia sempre uma impressão de vazio, como se os dois não tivessem qualquer motivo para estar ali, para ficar num cômodo e não em outro, e eles se perguntavam o que fazer de suas noites.

– Enquanto você prepara os sanduíches, vou buscar um pacote de cigarros.

– Tem no armário.

– Ganharemos tempo se eu encher o tanque e trocar o óleo.

Ela não protestou, o que o surpreendeu.

Parou realmente no posto de gasolina. Enquanto verificavam os pneus, entrou correndo no restaurante italiano para tomar uma dose de uísque no bar.

– Escocês?

– De centeio.

Ora, não gostava de uísque de centeio. Escolheu o mais forte dos dois porque com certeza não teria mais oportunidade de beber naquela noite e porque levariam horas e horas na via principal.

Seria possível dizer que tinha entrado no túnel? Foram duas doses no total, não mais do que quando iam ao teatro e Nancy bebia a mesma coisa que ele. Quando entrou em casa, ela lhe deu uma olhadela disfarçada.

– Comprou cigarro?

– Você me disse que tinha no armário. Enchi o tanque e cuidei dos pneus.

– Compraremos no caminho.

Não havia cigarros em casa. Ou ela se enganou ou fez de propósito, ao afirmar o contrário.

Ela o interrompeu quando ele se dirigiu para o banheiro:

– Você tomará sua ducha depois de comer, enquanto eu cuido da louça.

Ela não comandava, com certeza, mas arrumava a vida deles à sua maneira, como se fosse natural. Ele estava errado. Tinha consciência de estar errado. Sempre que bebia uma ou duas doses, olhava para ela com outros olhos, impacientava-se com o que, em geral, lhe parecia normal.

– Você deveria levar o paletó de tweed e a capa de chuva.

Lá fora a brisa se levantava, agitava a folhagem das árvores ainda frágeis, plantadas quando foram construídas as casas e traçadas as avenidas, cinco anos antes. Algumas jamais brotaram, e fora inútil substituí-las duas ou três vezes.

Na casa em frente, um dos vizinhos prendia a seu carro um reboque ao qual estava presa uma canoa, enquanto sua mulher, na beira da calçada, vermelha de um banho de sol recente, as coxas grossas apertadas num short azul-claro, segurava os caniços.

– Em que você está pensando?

– Em nada.

– Estou curiosa para ver se Dan cresceu. Mês passado eu achei que ele estava esticando e suas pernas me pareceram mais magras.

– É a idade.

Nada aconteceu de interessante. Tomou banho, se vestiu, depois sua mulher o lembrou de ir desligar o relógio de luz na garagem, enquanto ela, por sua vez, verificava as janelas.

– Pego as malas?

– Veja se estão bem fechadas.

Apesar da brisa e do céu encoberto, sua camisa limpa já estava mole e úmida quando se instalou ao volante.

– Pegamos o mesmo caminho da última vez?

– Tínhamos jurado não ir mais por ali.

– Mas é o mais prático.

Menos de quinze minutos depois, aglutinavam-se a milhares de outros carros que seguiam na mesma direção, com paradas inexplicáveis e momentos em que, ao contrário, o movimento se tornava quase frenético.

Foi no começo do Merritt Parkway que atravessaram seu primeiro temporal, quando a noite ainda não havia caído de todo e nos carros só as lanternas estavam acesas. Havia três fileiras deles entre as linhas brancas em direção ao norte, muito menos, é claro, no sentido inverso, e ouvia-se a chuva crepitar sobre o aço dos tetos, o barulho monótono das rodas que lançavam esguichos de água, o tique-taque enervante dos limpadores de para-brisas.

– Você tem certeza de que não está cansado?

– Tenho.

Ora uma fila ultrapassava as outras, ora tinha-se a impressão de recuar.

– Você deveria ter ido para a terceira fila.

– Estou tentando.

– Agora não. Tem um louco atrás de nós.

A cada raio, descobriam-se rostos na escuridão dos outros carros e todos tinham a mesma expressão tensa.

– Cigarro?

– Por favor.

Ela os passava acesos quando ele estava ao volante.

– Rádio?

– Para mim dá na mesma.

Ela precisou desligá-lo na mesma hora, por conta do temporal que deixava a transmissão cheia de ruídos.

Também não valia a pena falar. Por causa da barulheira contínua, eram obrigados a gritar, e isso logo se tornava cansativo. Mesmo mantendo o olhar fixo à sua frente, ele entrevia na penumbra o perfil pálido de Nancy e chegou a perguntar duas ou três vezes:

– Em que você está pensando?

– Em nada.

Uma vez, ela acrescentou:

– E você?

Respondeu:

– Nas crianças.

Não era verdade. Na realidade, também não pensava em algo definido. Mais exatamente, talvez lamentasse não ter conseguido se introduzir na terceira fila, porque seria difícil mudar agora sem que sua mulher perguntasse por quê. Ora, dali a pouco, quando deixassem o *parkway*, haveria bares à beira da estrada.

Será que já tinham saído de carro ou ido apanhar as crianças sem que ele parasse diversas vezes para beber alguma coisa? Uma única vez, três anos antes, quando, na véspera, Nancy e ele tinham tido uma cena terrível e então, os dois arrasados, fizeram do fim de semana uma espécie de nova lua de mel.

– Parece que saímos do temporal.

Ele desligou o limpador de para-brisas e precisou recolocá-lo em movimento por alguns minutos, pois grossas gotas d'água, como isoladas, ainda estouravam de encontro ao vidro.

– Você não está com frio?

– Não.

O ar tinha refrescado. Com um cotovelo para fora do carro, Steve sentia inflar a manga da camisa.

– E você?

– Ainda não. Vestirei o casaco mais tarde.

Por que sentiam necessidade, de vez em quando, de trocar palavras como aquelas? Seria para se tranquilizarem? Mas então, o que os amedrontava?

– Agora que o temporal passou, vou tentar o rádio.

Conseguiram ouvir música. Nancy passou-lhe um novo cigarro e inclinou-se para trás no banco, ela também fumando, enviando a fumaça acima da cabeça.

Boletim especial do Automóvel Clube de Connecticut...

Ali estavam eles, em Connecticut, a uns oitenta quilômetros de New London.

...O fim de semana do Labor Day fez sua primeira vítima em Connecticut esta noite, às 19h45, quando, no cruzamento da Route 1 e da 118, em Darien, um carro dirigido por um homem chamado Mac Killian, de Nova York, entrou em colisão com um caminhão pilotado por Robert Ostling. Mac Killian e seu passageiro, John Roe, morreram na hora. O motorista do caminhão saiu ileso. Dez minutos depois, a cinquenta quilômetros dali, um carro pilotado por...

Girou o botão. Sua mulher abriu a boca para dizer alguma coisa e se calou. Teria percebido que, talvez sem querer, ele diminuíra a velocidade?

Ela acabou murmurando:

– Depois de Providence, haverá menos trânsito.

– Até encontrarmos os carros de Boston.

Não estava impressionado, não tinha medo. O que lhe dava nos nervos era o barulho irritante das rodas dos dois lados, os faróis que, a cada cem metros, voavam ao seu encontro; era também a sensação de estar preso na correnteza, sem possibilidades de fugir para a direita ou para a esquerda, ou mesmo de diminuir a velocidade, porque seu retrovisor mostrava um triplo rosário de luzes que o seguiam, para-choques por para-choques.

As tabuletas de neon tinham começado a surgir à direita e, junto com os postos de gasolina, eram os únicos sinais de vida. Sem eles, seria possível acreditar que a via principal estava suspensa no infinito e que, para além dela, só existiam a noite e o silêncio. As cidades e os vilarejos estavam ocultos mais ao longe, invisíveis, e só muito raramente um indistinto halo avermelhado no céu deixava adivinhar sua existência.

A única realidade próxima eram os restaurantes, os bares que jorravam da escuridão a cada oito ou quinze quilômetros, em letras vermelhas, verdes ou azuis, o nome de uma cerveja ou de um uísque.

Ele estava apenas na primeira fila. Tinha chegado ali sem sentir, sem que sua mulher percebesse, e de repente, aproveitando um buraco, entrou na primeira fila.

– O que você está fazendo?

Quase deixou passar o bar cujo anúncio em neon dizia Little Cottage, freou a tempo, tão bruscamente que o carro atrás dele deu uma guinada e se ouviu uma torrente de xingamentos. O motorista chegou a lhe mostrar o punho pela janela.

– Preciso ir ao banheiro – disse, numa voz tão natural quanto possível, parando no acostamento. – Você não está com sede?

– Não.

Tinha acontecido diversas vezes. Ela o esperava no carro. Num outro veículo parado na frente do bar, um casal estava tão estreitamente abraçado que ele se perguntou se eram duas pessoas ou uma só.

Imediatamente depois de ter empurrado a porta, sentiu-se outro homem, parou para olhar a sala mergulhada numa penumbra alaranjada. Aquele bar se parecia com todos os outros da beira da estrada e não era assim tão diferente do de Louis, na 45th Street, com a mesma televisão num canto, os mesmos cheiros, os mesmos reflexos.

– Martíni seco com uma casca de limão – pediu, quando o barman se virou na sua direção.

– Simples?

– Duplo.

Se não lhe perguntassem, teria se contentado com um simples, mas valia mais a pena tomar o duplo, porque era provável que sua mulher não o deixasse mais parar.

Olhou, hesitante, para a porta do banheiro, foi até lá por desencargo de consciência, por uma espécie de honestidade, passou diante de um homem muito moreno que telefonava, a mão em concha ao redor da boca. Sua voz era rouca.

– É. Repete só o que acabo de dizer. Nada mais. Ele vai entender. Se estou dizendo que ele vai entender, vê se para de me encher a paciência.

Steve gostaria de se demorar, para ouvir, mas o homem, enquanto falava, o seguia com um olhar nada terno. O que significaria na verdade aquele recado? Quem estaria do outro lado da linha?

Voltou ao bar e bebeu seu copo em dois goles, já procurando o dinheiro no bolso. Nancy ficaria calada? Já não bastava que, por causa dela, não pudesse se atrasar alguns minutos olhando as pessoas e relaxando os nervos?

Quem sabe tivesse acabado de entrar no túnel? Quem sabe já estivesse nele desde a saída de Long Island? Não tinha consciência, mas, de qualquer maneira, se considerava o homem mais normal da terra e não seria aquele pouquinho de álcool ingerido que haveria de lhe fazer algum efeito.

Por que se sentia incomodado, culpado, ao se dirigir para o carro e ao abrir a porta sem olhar para sua mulher? Ela não fazia perguntas, não dizia nada.

– Isso faz bem! – murmurou como que para si mesmo ao dar partida no motor.

Parecia-lhe que havia menos carros, que o ritmo diminuíra, a tal ponto que ultrapassou três ou quatro carros que andavam realmente devagar demais. Uma ambulância que vinha em sentido contrário não o impressionou, preocupado que estava com luzes estranhas, depois com barreiras brancas que surgiam à sua frente.

– Desvio – anunciou a voz tranquila, um pouco apagada demais, de Nancy.

– Já vi.

– À esquerda.

Aquilo o fez enrubescer, porque quase ia para a direita. Resmungou:

– Nem uma vez fizemos esse caminho sem que houvesse um desvio em algum lugar. Como se eles não pudessem consertar as estradas no inverno!

– Debaixo de neve? – questionou ela, sempre com a mesma voz.

– Ou no outono, de qualquer maneira, numa época em que não haja 40 milhões de motoristas viajando.

– Você passou do cruzamento.

– Que cruzamento?

– Aquele que estava marcado com uma seta indicando a direção da highway.

– E os outros, atrás de nós? – ironizou.

Porque havia carros que os seguiam, em menor número do que ainda há pouco, é verdade.

– Nem todo mundo vai para o Maine.

– Não se preocupe. Eu levarei você até o Maine.

No instante seguinte a vitória era dele, pois desembocavam numa estrada importante.

– E o que é isto? O que você acha que queria dizer a sua seta?

– Nós não estamos na número 1.

– É o que veremos.

O que o deixava com os nervos à flor da pele era a segurança da sua mulher, a tranquilidade com que ela respondia.

Insistiu:

– Imagino que você não possa se enganar, não é mesmo?

Ela se calou e aquilo o irritou ainda mais.

– Responda! Diga o está pensando!

– Você se lembra daquela vez que fizemos um desvio de quase cem quilômetros?

– Evitando o pior do trânsito!

– Sem ter sido de propósito.

– Ouça, Nancy, se você está querendo discutir, admita de uma vez.

– Não estou querendo discutir. Estou tentando descobrir onde estamos.

– Como sou eu quem dirige, faça-me o favor de não se preocupar.

Ela ficou em silêncio. Ele também não reconhecia a estrada, menos larga, pior, sem um posto de gasolina desde que tinham entrado nela, e um novo temporal retumbava no céu.

Sem perder a calma, Nancy apanhou o mapa no porta-luvas e acendeu a luzinha sob o painel.

– Devemos estar entre a 1 e a 82, numa estrada cujo número não consigo ver e que segue para Norwich.

Ela tentou, tarde demais, distinguir o nome de um vilarejo que surgira da noite e cujas poucas luzes já haviam ultrapassado e, desde então, se viram na floresta.

– Você não quer realmente dar meia-volta?

– Não.

Conservando o mapa sobre os joelhos, ela acendeu um cigarro, sem lhe oferecer.

– Furiosa? – perguntou.

– Eu?

– Você, é claro. Confesse que está furiosa. Porque eu tive a infelicidade de nos afastar da via principal e fazer um desvio de alguns quilômetros... Acho que me lembro que foi você, ainda agora, quem observou que tínhamos todo o tempo...

– Cuidado!

– Com o quê?

– Você quase subiu no acostamento.

– Eu não sei mais dirigir?

– Eu não disse isso.

Então, aquilo saiu bruscamente, sem razão definida.

– Você talvez não tenha dito isso, mas eu, minha cara, eu vou dizer uma coisa, e é bom que você se lembre disso de uma vez por todas.

O mais curioso é que nem mesmo ele sabia que frase iria dizer. Procurava alguma coisa forte, definitiva, a fim de dar à sua mulher uma boa dose de humildade, que ela estava precisando.

– Sabe de uma coisa, Nancy? Você talvez seja a única a não saber, mas você é uma chata.

– Quer prestar atenção na estrada, por favor?

– Mas é claro, eu vou prestar atenção na estrada, eu vou dirigir gentilmente, com prudência, de modo a não sair dos trilhos. Você entende de que trilhos estou falando?

Aquilo lhe parecia muito sutil, de uma verdade ofuscante. Era quase uma descoberta que acabava de fazer. O que havia de ruim em Nancy, afinal de contas, é que ela andava nos trilhos, sem jamais se permitir uma fantasia.

– Ou você não entende?

– É mesmo preciso?

– O quê? Que você saiba o que eu acho? Meu Deus, quem sabe isso poderia ajudar você a fazer um esforço para entender os outros e tornar a vida deles mais agradável. A minha, especialmente. Só que tenho minhas dúvidas de que você se interesse por isso.

– Você concordaria que eu dirigisse?

– Claro que não. Pense por um instante que se, em vez de pensar em si mesma e em vez de estar convencida de que você tem sempre razão, você se olhasse de verdade no espelho se perguntando...

Fazia um enorme esforço para exprimir o que sentia, o que estava convencido de ter sentido todos os dias da sua vida durante os onze anos em que estavam casados.

Não era a primeira vez que aquilo acontecia, mas, hoje, estava certo de ter feito uma descoberta que lhe permitiria explicar tudo. Ora, era preciso que, um dia, ela entendesse. E, no dia em que ela entendesse, quem sabe se não tentaria afinal tratá-lo como homem?

– O que você conhece de mais idiota do que a vida de um trem que segue indefinidamente pelo mesmo caminho, pelos mesmos trilhos? Pois bem! Ainda há pouco, no *parkway*, eu tinha a impressão de ser um trem. Outros carros paravam aqui e ali, homens desciam deles, sem ter que pedir permissão a ninguém para ir tomar um copo de cerveja!

– Você tomou cerveja?

Hesitou, preferiu ser honesto.

– Não.

– Martíni?

– Foi.

– Duplo?

Enfurecia-se por ser obrigado a responder.

– Foi.

– E antes?

Ela tinha mania de insistir.

– Antes de quê?

– Antes de sair.

– Não estou entendendo.

– O que você bebeu quando foi encher o tanque?

Dessa vez, mentiu.

– Nada.

– Sei.

– Você não acredita em mim?

– Se é verdade, o martíni duplo fez mais efeito do que de costume.

– Você acha que estou de porre?

– Em todo caso, está falando como quando bebe.

– Estou dizendo besteira?

– Não sei se é besteira, mas você me detesta.

– Por que é que você não quer entender?

– Entender o quê?

– Que eu não a detesto, pelo contrário, que eu a amo, que eu seria perfeitamente feliz com você se você consentisse em me tratar como homem.

– Deixando você beber em todos os bares da beira da estrada?

– Olha só!

– O que é que há para olhar?

– Você procura as frases mais humilhantes. Você faz de propósito, vê as coisas só pelo seu lado. Será que eu sou um bêbado?

– Com certeza não. Eu nunca teria me casado com um bêbado.

– Eu bebo a toda hora?

– É raro.

– Nem mesmo uma vez por mês. Talvez uma vez a cada três meses.

– E o que acontece com você, então?

– Não me aconteceria nada se você não me olhasse como o último dos homens. Se eu tenho vontade, por uma noite, de sair um pouco que seja da vida de sempre...

– Ela o cansa?

– Eu não disse isso... Veja o caso de Dick... Não há uma noite em que ele se deite sem estar pelo menos meio embriagado. Nem por isso você o considera um cara menos interessante e, mesmo quando ele bebe, você conversa com ele do jeito mais sério do mundo...

– Para começar, ele não é meu marido.

– E depois?

– Há um caminhão na nossa frente.

– Eu já vi.

– Fique quieto um instante. Estamos chegando a um cruzamento e eu gostaria de ler o que está escrito na placa.

– Você se aborrece de falar do Dick?

– Não.

– Você lamenta não ter se casado com ele em vez de comigo?

– Não.

Eles estavam outra vez na highway, com duas filas de carros que andavam mais depressa do que na saída de Nova York e se ultrapassavam furiosamente. Talvez na esperança de fazê-lo se calar, Nancy girou o botão do rádio que dava as notícias das onze da noite.

...A polícia acredita que Sid Halligan, que fugiu na noite de ontem da penitenciária de Sing Sing e que até agora conseguiu escapar das buscas...

Nancy girou o botão.

– Por que desligou?

– Não sabia que isso interessava.

Não lhe interessava. Nunca tinha ouvido falar de Sid Halligan, ignorava até que um prisioneiro tivesse fugido de Sing Sing na véspera. Só tinha pensado, ao ouvir o rádio, no homem que telefonava no bar, a mão em concha, e cujo olhar fixo tinha uma expressão cruel. Não tinha importância, a não ser pelo fato de que ela desligava o rádio sem lhe pedir sua opinião, porque são essas pequenas coisinhas que...

Onde estavam quando ela interrompeu a discussão? Em Dick Lowell, que tinha se casado com uma amiga de Nancy e com quem passavam às vezes a noite.

Besteira! Para que discutir? Dick lá se preocupava com a opinião da mulher dele? A culpa era dele por ter medo do que ela poderia pensar e de estar sempre pedindo sua aprovação.

– O que é que você está fazendo?

– Você está vendo. Estou parando.

– Ouça...

O bar tinha um aspecto um tanto acanhado, com apenas carros velhos meio desmantelados no estacionamento, e isso lhe dava ainda mais vontade de entrar.

– Se você descer – pronunciava Nancy separando as sílabas –, estou avisando que vou em frente sozinha.

Aquilo foi um choque. Por um instante olhou para ela, incrédulo, e ela sustentou o olhar. Estava tão impecável quanto ao saírem de Nova York, fria como um pepino, pensou, de um jeito vulgar.

Talvez nada tivesse acontecido, e teria baixado a guarda se ela não tivesse acrescentado:

– Você pode chegar à colônia de férias de ônibus.

Sentiu um estranho sorriso torcer seus lábios e, também com toda calma, estendeu a mão para a chave de ignição, que retirou e guardou no bolso.

Nada parecido jamais acontecera entre eles. Não podia mais voltar atrás. Estava convencido de que ela precisava de uma lição.

Saiu do carro, cuja porta fechou evitando olhar para a mulher e esforçou-se para andar com passo firme até a porta do bar. Quando se virou, da soleira, ela não havia se mexido e seu perfil leitoso era visível através do vidro.

Entrou. Rostos se viraram para ele, que a fumaça deformava como espelhos de feira e, quando pousou a mão sobre o balcão, sentiu que tudo estava grudento de bebida.

CAPÍTULO II

No tempo que levou para atravessar o espaço entre a porta e o bar, as conversas se calaram, o rumor que enchia a sala um instante antes se apagara com a presteza de uma orquestra, cada um ficou imóvel em seu lugar, seguindo-o com os olhos, sem hostilidade, sem curiosidade, ao que parecia, sem que se pudesse ler qualquer expressão nos rostos.

Desde que encostou a mão no balcão e o barman estendeu um braço peludo para enxugá-lo com um trapo sujo, a vida recomeçou e ninguém mais parecia se preocupar com ele.

Ficou impressionado. Este bar era bastante diferente dos bares habituais de beira de estrada. Devia haver um vilarejo nas vizinhanças, ou uma cidadezinha, talvez uma fábrica, pois as vozes tinham diversos sotaques e dois negros estavam encostados perto dele.

– O que vai ser, forasteiro? – perguntava o homem atrás do balcão.

Não era por implicância que ele o chamava assim. Sua voz era cordial.

– Uísque! – murmurou Steve.

Dessa vez não foi por ser a bebida mais forte, mas porque ali ele chamaria a atenção se pedisse um escocês.

Não queria deixar Nancy sozinha tempo demais. Também não deveria voltar depressa demais para o carro, pois perderia as vantagens da sua atitude.

Estava constrangido por ter se mostrado tão categórico. Por pouco não sentia vergonha, embora no fundo da alma estivesse convencido de que tinha razão e de que sua mulher merecia uma lição.

Por causa dela, quase não conhecia lugares como este. E aspirava aquele cheiro forte com avidez, olhava para as paredes pintadas de verde-escuro, enfeitadas com velhos decalques, a cozinha em desordem que se entrevia por uma porta aberta e na qual uma mulher de cabelos grisalhos, que lhe caíam no rosto, brindava com duas outras mulheres e um homem.

Acima do bar pendia uma enorme tela de televisão de um modelo velho; as imagens tremidas, riscadas, lembravam os filmes antigos e ninguém prestava atenção a elas, quase todos falavam alto, um dos negros, a seu lado, esbarrava nele sem parar ao recuar para gesticular e todas as vezes se desculpava com uma risada. Na mesa do canto, dois namorados de certa idade tinham os braços passados pela cintura um do outro, rosto contra rosto, tão imóveis quanto numa fotografia, mudos, o olhar perdido no vazio.

Nancy jamais compreenderia aquilo. Ele mesmo teria dificuldade para lhe explicar o que havia a ser compreendido. Ela imaginava que ele tinha parado para beber e não era o caso, esse era exatamente o tipo de verdade dela, que lhe dava sempre o ar de ter razão.

Não tinha raiva dela. Perguntou-se se ela estaria chorando, sozinha no carro, tirou uma nota de um dólar do bolso e colocou-a sobre o balcão. Era hora de sair. Tinha ficado ali uns cinco minutos. Na tela, estava sendo projetada a fotografia imóvel de uma menina de mais ou menos quatro anos, encolhida dentro de um armário embutido, ao lado de vassouras e baldes; não prestou atenção ao comentário e a imagem foi substituída pela fachada de uma loja cujo vidro estava quebrado.

Apanhava seu troco, estava a ponto de se virar quando sentiu um dedo ser encostado em seu ombro e ouviu uma voz que dizia devagar:

– Outro por minha conta, amigão!

Era seu vizinho da direita, ao qual não prestara atenção. Estava sozinho, encostado no balcão e, quando Steve o olhou, ele o olhou de volta com uma intensidade embaraçosa. Devia ter bebido muito. Sua língua estava pastosa, seus gestos eram prudentes, como se ele percebesse seu equilíbrio instável.

Steve sentiu-se tentado a ir embora, explicando que sua mulher o esperava. O homem, adivinhando seu pensamento, virava-se para o proprietário e mostrava seus dois copos vazios. O proprietário fazia a Steve um sinal que queria dizer: "Pode aceitar". Talvez até mesmo fosse: "É bom que aceite".

Não era um bêbado barulhento. Seria mesmo um bêbado? Sua camisa branca estava tão limpa quanto a de Steve, seus cabelos loiros haviam sido cortados na véspera, sua pele bronzeada fazia sobressair o azul-claro de seus olhos.

Com o olhar fixo em seu companheiro, estendeu o copo e Steve estendeu o seu, que bebeu de um trago.

– Obrigado. Minha mulher...

Não teve coragem de continuar, por causa do sorriso que surgia no rosto de seu interlocutor. Seria possível acreditar que o homem que continuava a olhá-lo de frente sem nada dizer sabia de tudo, o conhecia como a um irmão, lia seus pensamentos em seus olhos.

Ele estava embriagado, que fosse, mas, em sua embriaguez, tinha a serenidade amarga e sorridente de quem teria atingido sabe Deus qual sabedoria superior.

Steve tinha pressa de voltar para Nancy. Ao mesmo tempo, receava decepcionar aquele homem que não conhecia e que deveria ter mais ou menos a sua idade.

Disse, voltado para o bar:

– A mesma coisa!

Gostaria de falar, mas não encontrava uma frase adequada. Quanto ao vizinho, o silêncio não o incomodava e ele continuava a encará-lo com satisfação, como se fossem amigos de uma vida inteira que não tivessem mais necessidade de se dizer coisa alguma.

Só quando o outro tentou acender o cigarro com mão trêmula foi possível avaliar seu grau de bebedeira e ele percebeu seu olhar e a contração de seus lábios que significavam: "Bebi, sim. Estou bêbado. E daí?"

Aquele olhar exprimia tantas coisas que Steve estava tão pouco à vontade quanto se o tivessem despido na frente de todo mundo.

– Eu sei. Sua mulher está esperando no carro. Ela vai fazer uma cena. E daí?

Talvez o homem também tivesse adivinhado que ele tinha filhos numa colônia de férias no Maine. E uma casa de 15 mil dólares, pagável em doze anos num loteamento de Long Island.

Com certeza havia afinidades entre eles, pontos em comum que Steve gostaria de poder descobrir. Mas a ideia de que sua mulher o esperava agora há mais de dez minutos, talvez quinze, dava-lhe uma espécie de pânico.

Pagou sua rodada, estendeu sem graça a mão, que o outro apertou mergulhando o olhar no seu com tanta insistência que parecia querer lhe transmitir uma mensagem misteriosa.

O mesmo silêncio de sua chegada acompanhou-o quando se dirigiu para a saída, e ele não ousou se virar, abriu a porta, constatou que chovia outra vez. Observou que diversos carros estacionados eram caminhonetes, esgueirou-se até o seu e parou de repente ao descobrir que sua mulher não estava lá dentro.

Primeiro, pensando que ela estaria esticando as pernas, começou a olhar em volta. Não caía mais uma chuva de temporal, mas uma chuva fina e acariciante, de um reconfortante frescor.

– Nancy! – chamou a meia-voz.

Até onde seu olhar alcançava, não havia pedestre algum dos dois lados da estrada. Quase entrou no bar para explicar o que estava acontecendo e talvez telefonar para a polícia quando, ao se inclinar pela porta, percebeu um pedaço de papel no banco. Nancy o havia arrancado da agenda e estava escrito:

Continuarei de ônibus. Boa viagem!

Pela segunda vez, ficou tentado a voltar ao bar, desta vez para beber até cair, na companhia do desconhecido. O que o fez mudar de ideia foi um grupo de luzes, uns quinhentos metros adiante. Havia ali um cruzamento onde, sem dúvida, os ônibus paravam, e sua mulher devia ter andado naquela direção. Talvez tivesse tempo de alcançá-la.

Deu partida no motor e, enquanto dirigia, examinava os lados do caminho que, até onde a noite permitia julgar, era margeado por campos ou terrenos baldios.

Não viu ninguém, chegou ao cruzamento, parou diante de uma cafeteria no interior da qual se viam as paredes de um branco ofuscante, o balcão de metal, dois ou três clientes que comiam.

Entrou apressado e perguntou:

– Os ônibus param aqui?

A proprietária, morena, tranquila, ocupada no preparo de hot dogs, respondeu:

– Se era o de Providence, já perdeu. Passou há cinco minutos.

– A senhora não teria visto uma mulher bem moça, de roupa clara? Ou melhor, ela devia estar vestida com um casaco de gabardine...

Lembrava-se de repente que não tinha visto o casaco no carro.

– Aqui ela não entrou.

Não refletiu, saiu, ainda muito nervoso, dando-se conta de que parecia um louco. Havia uma rua à direita, a rua principal de um vilarejo, com a vitrine iluminada de uma loja de móveis onde uma cama estava coberta de cetim azul. Não se deu o trabalho de perguntar onde estava, nem de consultar o mapa, pulou para dentro do carro, arrancou ruidosamente e se atirou para frente pela estrada molhada.

Os ônibus, em geral, não ultrapassam oitenta quilômetros por hora e lhe veio o pensamento de alcançar aquele e segui-lo até a próxima parada, onde pediria a Nancy para voltar ao seu lugar no carro, disposto a lhe entregar o volante se ela quisesse.

Tinha cometido um erro. Ela também tinha errado, mas ela não admitiria isso e, como sempre, seria ele quem acabaria pedindo desculpas. Colocou em movimento os limpadores de para-brisa, pisou no acelerador e, com os dois vidros abaixados, o vento levantava-lhe os cabelos e deslizava, quase gelado, pela sua nuca.

É possível que, durante aqueles minutos, pudesse ter falado sozinho, o olhar fixo à sua frente à procura dos faróis traseiros do ônibus. Ultrapassou dez, quinze carros, dos quais pelo menos dois fizeram um desvio brusco à sua passagem. Ver o marcador assinalar 110 lhe dava uma certa febre e quase desejou que um policial de moto surgisse em sua perseguição, contou para si mesmo uma história a respeito, na qual havia sua mulher que precisava encontrar custasse o que custasse e filhos que esperavam no Maine. Será que, nessas circunstâncias, não se tem o direito de infringir as leis?

Atravessou outro cruzamento iluminado, cercado de postos de gasolina, do qual partiam duas outras estradas. À primeira vista, uma era tão importante quanto a outra. Não diminuiu a velocidade para escolher e, depois de menos de dez quilômetros, percebeu que tinha errado mais uma vez.

Ainda agora, poderia jurar, estava em Rhode Island. Como, em que momento, dera meia-volta? Não entendia nada, mas a verdade era que tinha voltado atrás e que as placas anunciavam a cidade de Putnam, em Connecticut.

Não era mais questão de disputar corrida com o ônibus. De agora em diante, Steve tinha todo o tempo do mundo. Azar o de Nancy se ela estava furiosa. Azar o dele, também. Azar o deles dois!

Sentiu-se tentado a procurar o mesmo bar de antes, mas era quase impossível. Encontraria outros mais adiante, tantos quanto quisesse, nos quais, agora que estava de certa forma solteiro, poderia parar sem ter que dar explicações.

O que dava pena era não ter podido conversar com o sujeito que lhe tinha posto a mão no ombro e oferecido um uísque. Estava convencido de que teriam se dado bem um com o outro. Tinham não só a mesma idade, mas sua aparência era semelhante, com a mesma pele clara, os mesmos cabelos loiros, e até seus longos dedos ossudos, de pontas quadradas, eram parecidos.

Teria gostado de saber se o homem fora criado como ele, numa cidade, ou se era um filho dos campos.

O outro tinha mais experiência do que ele, admitia. Com certeza não era casado ou, se fosse, não se preocupava com a mulher. Quem sabe? Steve não teria ficado surpreso se soubesse que ele também tinha filhos, mas que os tinha deixado com a mãe.

Ele devia ter uma experiência desse tipo. Em todo caso, não se preocupava em chegar às nove horas em ponto no trabalho e, à noite, em voltar a tempo para que a babá pudesse ir para casa.

Pois, quando Bonnie e Dan não estavam na colônia de férias, ou seja, na maior parte do ano, não era Nancy a primeira a voltar para casa para cuidar deles, era ele. Porque, em seu escritório, ela ocupava um cargo de confiança, era o braço direito do sr. Schwartz – da Firma Schwartz e Taylor –, que chegava pela manhã às dez ou onze horas e tinha quase todos os dias um almoço de negócios, depois do qual ele se punha a trabalhar até seis ou sete da noite.

Teria o homem do bar adivinhado isso? Era evidente pela sua cara? Não teria ficado surpreso. Depois de anos daquela vida, essas coisas devem ficar marcadas na expressão do rosto.

E o carro? Estava em seu nome, isso era verdade, mas à noite era sua mulher quem o usava para voltar a Scottville. Sempre por bons motivos! Por causa de sua posição importante junto ao sr. Schwartz, tão importante que quando, depois do nascimento das crianças, Steve lhe pedira para ficar em casa, o sr. Schwartz se deu o trabalho de ir pessoalmente convencer Nancy a retomar seu posto.

Às cinco em ponto, ele, Steve, estava livre. Podia se atirar no metrô da Lexington Avenue, espremer-se de qualquer jeito no meio da multidão, sair correndo para o Brooklyn para pegar a tempo o ônibus que parava na porta de seu loteamento.

No total, só gastava com isso 45 minutos e encontrava Ida, a babá preta que cuidava das crianças na volta da escola, já com o chapéu na cabeça. O tempo dela também devia ser precioso. O tempo de todo mundo era precioso. Só o dele que não.

"Alô! É você? Vou me atrasar outra vez, esta noite. Não me espere antes das sete, talvez sete e meia. Você pode dar de comer às crianças e botá-las na cama?"

Rodava pela Route 6, mais ou menos uns seis quilômetros antes de Providence, e precisou reduzir a velocidade porque entrou numa fila de carros. O que estariam pensando todos os homens que via ao volante? A maioria tinha uma mulher ao lado. Outros tinham filhos que dormiam no banco de trás. Imaginava sentir por toda parte o cansaço morno das salas de espera e ouvia às vezes um sopro de música, ou a voz importante de um locutor.

Há muito tempo seu limpador de para-brisa funcionava sem motivo e, dos dois lados da rua, postos de gasolina e restaurantes se multiplicavam, aproximavam-se uns dos outros, formando uma guirlanda quase contínua de luzes, com buracos escuros de um ou dois quilômetros. Sua sede pedia um copo de cerveja gelada mas, exatamente porque nada mais o detinha, fazia questão de escolher o lugar onde pararia. O último bar lhe deixara uma espécie de nostalgia e gostaria de encontrar outro do mesmo tipo. Passava sem parar diante de prédios novos demais, de tabuletas elegantes demais.

Um carro de polícia ultrapassou-o fazendo funcionar a sirene, depois uma ambulância, outra e, um pouco mais à frente, foi obrigado a seguir devagar por uma fila de carros para contornar dois outros que haviam literalmente se enganchado um no outro.

Teve tempo de perceber um homem de camisa branca como ele, como seu amigo do bar, os cabelos despenteados, o rosto manchado de sangue, que explicava alguma coisa aos guardas, o braço apontando para um ponto do espaço.

Quantos mortos tinham os peritos anunciado para o fim de semana? Quatrocentos e trinta e cinco. Lembrava-se do número. Portanto, não estava bêbado. A prova era que tinha dirigido a 110 por hora sem o menor acidente.

Nancy, na penumbra sufocante do ônibus em que os viajantes dormiam um sono exausto, devia lamentar sua decisão. Ela sentia certa repugnância ao se misturar com a multidão. O odor humano que reinava no ônibus certamente a incomodava tanto quanto a familiaridade de seus vizinhos. No último bar, ela teria ficado infeliz. Talvez ela fosse um pouco esnobe.

Preferiu deixar passar um ou dois quilômetros depois do engarrafamento provocado pelo acidente e, quando desacelerou à margem da estrada, dois lugares estavam quase lado a lado, um restaurante enfeitado demais cuja tabuleta era de neon cor de malva e, depois de um terreno baldio que servia de estacionamento, uma construção de madeira, de um andar só, com ares de *log cabin.*

Escolheu a última. Outra prova de que não estava bêbado foi que teve o cuidado de tirar a chave do carro e de apagar as luzes.

À primeira vista, o bar não era tão miserável quanto o outro, e o interior era o de uma cabana, com as paredes em madeira escurecida pelos anos, largas vigas no teto, canecas de estanho e porcelana nas prateleiras, alguns fuzis do tempo da Revolução dispostos em panóplia.

O proprietário, baixinho e gorducho, de avental branco, careca, conservava um leve sotaque alemão. Havia um barril de chope e a bebida era servida em enormes copos com alça.

Parou por um momento antes de se acomodar no balcão, indicou o barril em silêncio, seu olhar percorrendo os rostos dos presentes como se procurasse alguém.

E talvez fosse verdade que estivesse à procura de alguém, mesmo sem querer. Aqui, não havia televisão, mas um jukebox iluminado, amarelo e vermelho, cujas engrenagens manejavam os discos com fascinante lentidão. Ao mesmo tempo em que a música tocava, um pequeno rádio funcionava atrás do balcão, para distração exclusiva do proprietário, ao que parecia, que se inclinava para ouvir sempre que tinha um momento de tranquilidade.

Steve bebeu seu chope em grandes goles, sedento que estava, enxugou os lábios com as costas da mão e, no mesmo instante, sem hesitar, pronunciou:

– Um uísque de centeio!

O chope não tinha gosto. Sua vontade era sentir mais uma vez o sabor oleoso do uísque irlandês que sempre lhe revirava o estômago. Pôs uma das nádegas sobre um tamborete, os dois cotovelos no balcão e se viu exatamente na pose do desconhecido do último bar.

Seus olhos também eram azuis, de um azul um pouco menos claro, seus ombros com certeza tão largos quanto os do outro, o mesmo volume na altura dos bíceps sobressaindo na camisa.

Não tinha pressa de beber, agora. Ouvia distraidamente com um ouvido o que diziam os dois homens à sua direita. Estavam bêbados. Todo mundo estava mais ou menos bêbado e, de vez em quando, uma gargalhada saía de algum lugar, ou se ouvia um copo quebrar no chão.

– Eu disse a ele que a doze dólares a tonelada ele estava achando que eu era um babaca e quando ele entendeu que eu não estava brincando me olhou no branco dos olhos bem assim e...

Toneladas de quê? Steve nunca soube. Nada na conversa deixava-o adivinhar, e aquele que ouvia não parecia, aliás, estar muito preocupado, ansioso que estava por pegar as sobras do que dizia o rádio. Mais um boletim de notícias.

O locutor fazia o balanço dos acidentes, um deles provocado por um raio que abatera uma árvore sobre o teto de um carro.

Falou-se de política, mas Steve não ouviu; sentia vontade, de repente, de tocar no ombro de seu vizinho da esquerda e pronunciar, como tinha feito seu companheiro de há pouco, se possível com a mesma voz, com o mesmo rosto impenetrável: "Um por minha conta, amigão!"

Porque seu vizinho também era um solitário. Só que, ao contrário do outro, este não parecia estar embriagado e tinha à sua frente um copo de cerveja acima da metade.

Seu tipo era diferente. Era moreno, de rosto alongado, pele opaca, olhos escuros, dedos magros extraordinariamente articulados dos quais ele se servia de tempos em tempos para retirar o cigarro dos lábios.

Dera uma espiada em Steve quando ele entrara e então, na mesma hora, olhara para outro lado. Quando quis pegar um novo cigarro, percebeu que o maço que tirava do bolso estava vazio, afastou-se por um instante do bar para se dirigir à máquina automática de cigarros.

Foi nesse momento que Steve reparou em seus sapatos grandes demais, enlameados, pesados calçados de fazendeiro que não se harmonizavam com sua silhueta. Ele não usava paletó nem gravata, apenas uma camisa de algodão azul e calças escuras presas por um cinto largo.

Apesar do peso de seus pés, andava como um gato e conseguiu ir e vir sem esbarrar em ninguém, voltou a ocupar seu tamborete, cigarro nos lábios, deu um rápido olhar a Steve que abriu a boca para lhe dirigir a palavra.

Precisava falar com alguém. Já que Nancy quisera que fosse assim, esta noite era sua, uma ocasião que talvez nunca mais se apresentasse. No que dizia respeito a Nancy, era preciso que se lembrasse, enquanto a cabeça ainda estava clara, que precisava telefonar para os Keane às cinco ou seis horas da manhã. A essa hora, sua mulher já teria chegado ao acampamento. Como nos dois últimos anos, os Keane lhes tinham reservado um quarto, ou pelo menos uma cama num dos bangalôs, pois, no fim de semana do Labor Day, teria sido inútil procurar um lugar para dormir nos arredores. Nos arredores ou em qualquer outro lugar. Era a mesma coisa em toda parte, de uma extremidade a outra do mapa dos Estados Unidos.

– Quarenta e cinco milhões de motoristas – ironizou, a meia-voz.

Fizera de propósito, para chamar a atenção de seu vizinho.

– Quarenta e cinco milhões de homens e de mulheres largados pelas estradas!

Aquilo assumia de repente a seus olhos ares de uma descoberta e ele pensou seriamente a respeito, olhando para o rapaz moreno à sua esquerda.

– Esse é um espetáculo que não se pode ver em nenhum outro país da terra! Quatrocentos e trinta e cinco mortos até segunda à noite!

Fez afinal o gesto que tanto queria fazer, tocou discretamente o ombro do homem.

– Toma uma dose comigo?

O outro virou-se para ele sem se dar o trabalho de responder, mas Steve não se deu conta, chamou o proprietário debruçado sobre seu rádio minúsculo.

– Dois! – disse, mostrando dois dedos.

– Dois o quê?

– Pergunte o que ele quer.

O rapaz sacudiu a cabeça.

– Dois uísques! – insistiu o outro.

Não estava ofendido. Há pouco, também não respondera à abordagem do desconhecido.

– Casado?

O vizinho não tinha aliança no dedo, mas isso não queria dizer nada.

– Eu tenho mulher e dois filhos, uma menina de dez anos e um menino de oito. Os dois estão na colônia de férias.

Seu companheiro era jovem demais para ter filhos daquela idade. Não tinha mais do que 23 ou 24 anos. Com certeza nem casado era.

– Nova York?

Conseguiu um resultado, pois o outro sacudiu negativamente a cabeça.

– Você não é daqui? Providence? Boston?

Um gesto mais vago, que também não era afirmativo.

– O pior de tudo é que no fundo eu não gosto de uísque. Você gosta de uísque? Eu me pergunto se existe alguém que goste mesmo desse uísque.

Acabava de esvaziar seu copo e apontava o que seu vizinho não havia tocado.

– Você não quer? Não faz mal. Este é um país livre! Não estou chateado. Alguma outra noite, talvez eu também não beba isso nem por todo o ouro do mundo. Hoje, o caso é que estou no uísque. É isso aí. E, no fundo, a culpa é da minha mulher.

Em qualquer outra ocasião, teria sem dúvida se afastado de um homem que falasse como estava falando, dava-se conta disso num relance e se sentia humilhado.

Só que, no instante seguinte, convencia-se outra vez de que vivia a grande noite de sua vida e de que precisava sem sombra de dúvida explicar isso a seu companheiro de traços cansados.

Na verdade, se o outro não bebia, talvez fosse porque estivesse doente. Sua pele era acinzentada, seu lábio inferior agitado por uma espécie de tique que, de vez em quando, dava uma sacudidela no cigarro. Steve chegou a se perguntar se ele não usaria drogas.

Isso o teria decepcionado. Qualquer droga, não importava se fosse maconha ou heroína, lhe dava medo, e ele sempre observava com um misto de constrangimento e pavor uma cliente do bar do Louis, uma bela mulher, embora muito jovem, que trabalhava como modelo e passava por drogada.

– Se você não é casado, talvez nunca se tenha feito a pergunta. E no entanto é uma pergunta crucial. A gente fala de coisas que acha importantes e não tem coragem de falar dessa. Veja o caso da minha mulher. Estou errado ou estou certo...?

Começara mal, não encontrava o fio da meada da sua ideia. Aliás não era a ideia essencial. Aquilo era com as mulheres, tudo bem, mas de um modo indireto. O que tentava explicar era complicado, de uma sutileza tal que não esperava conseguir.

Às vezes, dez frases lhe vinham aos lábios ao mesmo tempo, dez pensamentos que, todos, tinham lugar no seu raciocínio, mas, assim que pronunciava algumas palavras, dava-se conta da quase impossibilidade de sua tarefa.

Isso o desencorajava.

– A mesma coisa, patrão!

Quase ficou furioso ao ver o outro hesitar em servi-lo.

– Será que estou com cara de um homem bêbado? Será que estou criando algum caso? Estou aqui conversando tranquilamente com este rapaz, sem elevar a voz...

Deram-lhe de beber e ele deu um risinho de satisfação.

– Assim é melhor! O que é que eu estava dizendo? Estava falando das mulheres e da estrada. É esse o ponto. Presta atenção. As mulheres contra a estrada, você entende. Elas andam nos trilhos. Muito bem! Elas sabem aonde vão. Desde pequenas elas já sabem aonde querem chegar e, quando a gente dá um beijo nelas na volta para casa, elas pensam no vestido de noiva. Não é verdade?

"Aliás, não estou falando mal delas. Só estou reconhecendo uma verdade da natureza.

"As mulheres e os trilhos.

"Os homens e a estrada principal.

"Porque os homens, façam o que fizeram, o que eles têm aqui dentro..."

Batia no peito com convicção e, de repente, se perdia nos meandros do seu raciocínio. Eram sobretudo as palavras que não vinham.

– Os homens... – repetia, fazendo um esforço.

Gostaria de explicar do que os homens precisam, do que são privados, por desconhecimento. Aí estava a dificuldade. Não se tratava de beber determinado número de uísques, como Nancy teria dito com ironia. O uísque não tinha importância alguma. O que contava, numa noite como esta, por exemplo, uma noite memorável em que 45 milhões de motoristas estavam plantados ao longo das estradas, era entender e, para entender, era preciso sair dos trilhos.

Como quando tinha entrado no outro bar! Onde teria encontrado, a não ser ali, um homem como aquele que conhecera e a quem não precisara dizer coisa alguma? Não no trabalho, com certeza. Em seu escritório, na World Travellers, vendiam-se também quilômetros e milhas, milhas aéreas, viagens em aviões de luxo, passagens para Londres, Paris, Roma e Cairo. Para qualquer lugar do mundo. Todos os clientes tinham pressa. Era indispensável, da maior importância, para cada um deles, partir no mesmo instante. E também não em Schwartz & Taylor, que vendia publicidade, páginas de revistas, minutos em rádio ou televisão e anúncios à beira das estradas.

Nem mesmo no bar do Louis em que, às cinco horas da tarde, clientes como ele iam à fonte para levantar os ânimos com um martíni seco.

Tinha vontade de tomar um martíni, de repente, mas tinha certeza de que o dono do bar se recusaria a servi-lo e não queria ter que engolir uma recusa diante do seu novo amigo.

– Veja só, há os que se livram e os que não se livram. Um ponto, é o que basta.

Continuava a falar dos trilhos. Não dava mais detalhes. Chegava até a escamotear as palavras inúteis, talvez porque fossem difíceis de pronunciar.

– Eu, esta noite, me livrei.

Seu camarada anterior, sem dúvida, se livrara em definitivo. Talvez também o homem que telefonava e dava um recado misterioso, a mão em concha, no primeiro bar.

E este aqui? Steve morria de vontade de lhe fazer a pergunta, dava-lhe piscadelas para encorajá-lo a falar de si mesmo. Ele não trabalhava nem num escritório nem numa fazenda, era evidente, apesar de seus sapatos pesados. Talvez perambulasse pelas estradas, bolsos vazios, pegando carona. Será que compreendia que não havia vergonha naquilo? Pelo contrário!

– Amanhã vou voltar a ver as crianças.

A frase trouxe uma onda de sentimentalismo que lhe apertou a garganta e de repente pareceu-lhe que estivesse traindo Bonnie e Dan, fez força para vê-los em sua mente, só conseguiu uma imagem fora de foco e tirou a carteira do bolso para olhar as fotos que sempre trazia consigo.

Não era o que queria dizer. Gostava muito dos dois, não lamentava o que fazia por eles, mas, o que tentava desajeitadamente explicar, era que era um homem e que...

Passava os dedos por baixo de sua carteira de motorista para apanhar as fotos e estava de cabeça baixa quando seu companheiro colocou uma moeda sobre o balcão e se dirigiu para a porta. Foi tudo tão rápido, como num deslizamento, que Steve ficou um momento sem saber o que estava acontecendo.

– Ele foi embora? – perguntou, virado para o dono do bar.

– Já foi tarde!

– O senhor o conhece?

– Não faço questão de conhecer.

Ficou chocado com o fato de que o proprietário de um bar como aquele também andasse nos trilhos. Era Steve quem tinha bebido, o outro não – nem mesmo terminara a cerveja –, mas era Steve quem era tratado com certa consideração, sem dúvida porque se lia em seu rosto que era um homem de bem, bem-educado.

– Seus meninos? – perguntava o dono do bar.

– Meu filho e minha filha.

– O senhor vai buscá-los no interior?

– No acampamento Walla Walla, no Maine. Há dois acampamentos um perto do outro, um para meninos, outro para meninas. A sra. Keane se ocupa do das meninas enquanto seu marido, Hector, que parece um velho escoteiro...

Não era ele, era o rádio que o proprietário do bar ouvia com atenção, juntando as sobrancelhas grossas, girando os botões na esperança de obter uma transmissão mais clara, lançando olhares furiosos para o jukebox cuja música afogava os outros ruídos.

...escapou sucessivamente, ainda não se sabe como, de três blitz policiais e, por volta das onze horas, foi avistado na Route 2, rodando em direção ao norte, num carro roubado...

– Quem é? – perguntou.

O rádio continuava:

Atenção. Ele está armado.

E depois:

Nosso próximo boletim de notícias será apresentado às duas horas da manhã.

Música.

– Quem é?

Insistia, sem razão.

– O cara que fugiu de Sing Sing e que trancou a garota no armário com uma barra de chocolate.

– Que garota?

– A filha dos fazendeiros de Croton Lake.

Preocupado, o dono não prestava mais atenção nele, procurava com os olhos alguém um pouco sóbrio com quem pudesse falar. Dirigiu-se para o canto em que dois homens e duas mulheres, velhos, com o ar de empreiteiros de construção civil, já estavam sentados diante de uma cerveja.

Por causa da música, Steve não ouvia o que diziam. Apontavam o lugar vazio ao lado dele e uma das mulheres, a que estava sentada ao lado da máquina de cigarros, parecia se lembrar de repente de alguma coisa, o dono do bar ouvia suas explicações sacudindo a cabeça, olhava, hesitante, para o telefone na parede, aproximava-se afinal de Steve Hogan.

– O senhor não percebeu nada?

– Perceber o quê?

– Não viu se ele tinha uma tatuagem num dos pulsos?

Steve não sabia do que o outro falava, esforçava-se para entender o que queriam dele.

– Quem?

– O sujeito a quem o senhor ofereceu bebida.

– Ele recusou. Não fiquei ofendido.

Então o dono deu de ombros e olhou-o de um jeito que não foi agradável. Agora que nem mais lhe dariam de beber e que não havia ninguém com quem falar, era melhor ir embora.

Botou uma nota de cinco dólares em cima do balcão, bem onde estava molhado, levantou-se cambaleando e exclamou:

– Pago!

Ao mesmo tempo, assegurava-se de que ninguém o olhava torto, porque isso ele não teria tolerado.

CAPÍTULO III

Quando se dirigiu para a porta, num passo indolente, como em câmera lenta, tinha nos lábios o sorriso benevolente e protetor de um forte perdido entre os fracos. Sentia-se um gigante. Como dois homens, que lhe davam as costas e se falavam aos cochichos, lhe barravam a passagem, afastou-os com um gesto largo e, embora fossem ambos da sua altura, tinha a impressão de ser uma cabeça mais alto. Os dois homens, aliás, não protestaram. Steve não queria criar caso com os dois, não queria criar caso com ninguém e se, na soleira da porta, virou-se e ficou imóvel, olhando a sala, não foi por desafio.

Parou para acender devagar um cigarro e se sentia bem. O ar do lado de fora também estava bom, de um frescor agradável, o pretensioso restaurante ao lado, com uma guirlanda de luzes que lhe desenhava a cumeeira, era ridículo, os carros passavam pela estrada lisa fazendo todos o mesmo ruído. Aproximou-se de seu carro, que deixara na parte escura do estacionamento, abriu a porta e todos os seus gestos tinham uma surpreendente amplitude, tudo o que via, tudo o que fazia lhe proporcionava uma satisfação interna.

Quando deslizou para o banco percebeu o homem, sentado no lugar que Nancy deveria estar ocupando.

Apesar da escuridão, reconheceu na mesma hora o oval alongado do rosto, os olhos sombrios, e não se espantou por encontrá-lo ali, nem com tudo o que se deduzia de sua presença.

Em vez de ter um movimento de recuo, de hesitar, de tomar, talvez, uma atitude defensiva, instalou-se confortavelmente, puxando as calças como costumava fazer, estendeu o braço para fechar a porta que bateu, baixou o pino de segurança.

Não esperou que o desconhecido falasse para pronunciar, num tom de conversa, mais do que de pergunta:

– É você?

Essas palavras não tinham seu sentido habitual. Ele vivia vários níveis acima da realidade cotidiana, numa espécie de superrealidade, e se expressava em síntese, seguro de si e certo de ser compreendido.

Ao dizer "É você?", não perguntava ao seu companheiro se era ele o mesmo a quem, no bar, acabava de oferecer uma bebida, e o outro não se enganava a respeito disso. A pergunta era: "É você o sujeito que estão procurando?"

Em sua mente, a frase era ainda mais completa. Não teria conseguido pronunciá-la, mas resumia em duas palavras as imagens esparsas recolhidas quase contra a sua vontade, durante toda a noite, fazendo um todo coerente, iluminado de simplicidade.

Estava orgulhoso de sua sutileza, como estava orgulhoso de sua calma, do modo como introduzia a chave de ignição sem que sua mão tremesse, esperando, para girá-la, a resposta do companheiro.

Sem humildade. Não queria se mostrar humilde. Sem indignação também, como teria demonstrado o dono do bar ou uma mulher do tipo de Nancy. Também sem pânico. Não tinha medo. Compreendia. A prova de que o outro também compreendia e o respeitava de volta era que lhe dizia simplesmente, sem protestar, sem negar, sem blefar:

– Eles me reconheceram?

Era assim que havia imaginado um diálogo entre dois homens, homens de verdade, se encontrando na estrada. Sem palavras inúteis. Cada resposta significava tanto quanto um longo discurso. A maioria das pessoas fala demais. Acaso Steve precisara construir frases, ainda há pouco, para que seu vizinho do primeiro bar compreendesse que ele não era o funcionário vulgar que se poderia supor?

Havia sido o seu carro, agora, que outro desconhecido escolhera. Ele estava armado, o rádio acabava de avisar. Acaso sentia necessidade de apontar-lhe a arma? Mostrava-se ameaçador?

– Acho que o dono tem dúvidas – lhe disse Steve.

Era curioso como detalhes que não imaginava ter registrado lhe vinham agora à mente. Sabia perfeitamente que se tratava de um fugitivo de Sing Sing. Esquecera o nome, mas não tinha mesmo memória para nomes, só para números e sobretudo para números de telefone. Terminava em "gan", como seu próprio sobrenome.

Tinha havido uma história de fazendeira perto de um lago e de uma menininha trancada num armário embutido com uma barra de chocolate. Revia com clareza a menina e, até onde se lembrava, aquela tinha sido a primeira vez que vira uma foto imóvel projetada numa tela de televisão.

Mostraram também a vitrine quebrada de uma loja e falaram da Route 2. Não era isso?

Se estivesse bêbado, teria memorizado tudo isso?

– Que descrição eles deram?

– Falaram de uma tatuagem.

Continuava a esperar, sem impaciência, o sinal para dar partida no motor e era como se tivesse previsto, durante toda a vida, que aquela hora chegaria. Estava satisfeito, não apenas com a confiança que tinham nele, mas com o modo como ele próprio se comportava.

Não dissera há pouco que esta era a sua noite?

– Você está em condições de dirigir?

Como resposta, ligou o carro, perguntando:

– Contorno Providence pelos atalhos do campo?

– Vá pela estrada principal.

– E se a polícia...

O homem se inclinou para o banco de trás, pegou o paletó de xadrez marrom que Steve levara e o chapéu de palha que ficara no carro. O paletó era grande demais nos ombros, mas ele afundou no seu canto, como um viajante adormecido, o chapéu puxado sobre o rosto.

– Não ultrapasse o limite de velocidade permitido.

– Certo.

– E principalmente não ultrapasse os sinais vermelhos.

Para não ser apanhado, era evidente.

Foi ele quem perguntou:

– Como é mesmo o seu nome?

– Sid Halligan. Eles vivem repetindo o meu nome em todos os programas.

– Diga, Sid, se encontrarmos uma blitz...

Dirigia a setenta por hora, como as famílias que passavam com bagagens até o teto.

– Você vai atrás dos outros.

Nunca se encontrara em situação semelhante e no entanto não precisava de explicações. Sentia a mesma lucidez de seu primeiro companheiro de bar, o dos olhos azuis, que se parecia com ele.

Primeiro, numa noite como aquela, não poderiam parar todos os carros em todas as estradas da Nova Inglaterra e examinar os passageiros um a um sem criar um engarrafamento dos diabos. Tudo o que faziam, com certeza, era dar uma olhada para o interior dos carros, sobretudo dos que eram ocupados por um homem sozinho.

No seu, eram dois.

– Hilário! – constatou.

Mais tarde, depois de Providence, retomou a conversa. Fizera bem, na *log cabin*, de não se incomodar com o silêncio de seu companheiro. Pois agora o outro não o tratava com naturalidade, como um camarada?

Precisava ficar de olho na estrada. Os carros no sentido inverso eram mais numerosos. Começavam a surgir cruzamentos a todo instante e viam-se, num nível mais baixo, as luzes de uma grande cidade.

– Você conhece o caminho? – perguntou a voz no escuro.

– Já fiz isso pelo menos dez vezes.

– No caso de uma blitz...

– Eu sei. Você me disse.

– Imagino que você adivinhe o que aconteceria se você tivesse a ideia de...

Por que insistir? Nem era também o caso de ficar com a mão no bolso, com certeza na coronha do revólver.

– Eu não vou falar.

– É bom.

Teria ficado decepcionado se não houvesse blitz. A cada vez que via luzes imóveis, achava que ela tinha afinal chegado, mas tudo aconteceu diferente do que tinha previsto, e os carros logo começaram a se aproximar uns dos outros para acabar se tocando e parar de verdade. Até onde a vista alcançava, só havia carros imóveis e, como numa fila, às vezes se dava um pulo de alguns metros, para parar outra vez.

– Aí está ela.

– É.

– Nervoso?

Arrependeu-se dessa palavra, que não teve eco. Num dado momento, quando estavam parados diante de um bar, veio a tentação de ir até lá tomar um trago rapidinho, mas não teve coragem de sugerir.

Começava a ser invadido, apesar do ar fresco, por um suor desagradável, e seus dedos tamborilavam sobre o volante. Ora Halligan estava na sombra, ora, por causa das luzes de um posto de gasolina ou de um albergue, era violentamente iluminado, imóvel no seu canto, com a aparência de um homem adormecido. Apesar do rosto longo, seu crânio era mais volumoso do que se poderia pensar, pois o chapéu de Steve, que imaginava possuir uma cabeça grande, não era grande demais para ele.

– Cigarro?

– Não.

Acendeu um. Sua mão tremia como a do homem do primeiro bar quando acendera o dele, mas Steve tinha certeza de que, no seu caso, era de nervoso, mais exatamente de impaciência. Não tinha medo. Só pressa de que aquilo acabasse.

Podia-se ver agora como haviam organizado a blitz. Barreiras brancas armadas perpendicularmente à estrada só deixavam passar uma fileira de carros em cada sentido, o que provocava o engarrafamento, mas, na verdade, na altura das barreiras, eles nem mesmo paravam, seguiam devagar, enquanto policiais de uniforme davam olhadas pelas janelas.

Depois de Providence, com certeza acabaria aquilo tudo, porque não deveriam estender as buscas até tão longe.

– Como é que foi mesmo aquela história da menina?

O rádio funcionava no carro que estava à frente deles, e uma mulher tinha a cabeça encostada no ombro do motorista.

Halligan não respondeu. Não era hora. Steve voltaria ao assunto mais tarde. Voltaria também às explicações que tinha começado a lhe dar na *log cabin*. Se um homem como Sid não compreendesse, ninguém compreenderia.

Será que Sid sempre fora do mesmo jeito? Tudo acontecera naturalmente, sem esforço? Com certeza tinha sido muito pobre. Quando alguém passou a infância num bairro populoso em que toda a família vive num único quarto e onde, aos dez anos, um garoto já faz parte de uma gangue, isso deve ser mais fácil.

Quem sabe se ele nem mesmo se dava conta?

– Ande.

Então, quando pararam de novo:

– Quanto tem de gasolina?

– Meio tanque.

– Isso quer dizer quantos quilômetros?

– Uns oitenta.

Era agora que precisaria de um uísque para se manter no nível que tinha atingido. Por instantes, seu bem-estar e sua segurança ameaçavam se dissipar, vinham-lhe pensamentos mais crus, desagradáveis; a ideia, por exemplo, de que, se os dois fossem presos, ninguém acreditaria em sua inocência e os detetives se revezariam durante horas para interrogá-lo sem lhe dar um copo d'água ou um cigarro. Tirariam sua gravata e os cordões de seus sapatos. Mandariam trazer Nancy para que o reconhecesse.

Quando só faltavam três carros, suas pernas amoleceram a tal ponto que, por um momento, foi impossível encontrar o acelerador para avançar.

– Tome cuidado para não respirar na cara deles com o seu hálito.

Halligan dizia aquilo sem se mover, pelo canto da boca, sempre com a aparência de quem dormia.

O carro chegou à barreira e, quando Steve ia parar, um guarda lhe fez sinal para continuar, para ir mais depressa, contentando-se com um olhar vago para dentro do carro. Tinha acabado. A estrada estava livre à frente deles, ou melhor, a rua que descia para a cidade que deveriam atravessar.

– Pronto! – exclamou, aliviado, acelerando para setenta.

– O que é que há?

– Passamos.

– A placa diz sessenta por hora. Direção Boston. Você conhece?

– É pela estrada que sempre vou.

Passaram diante de uma boate com luzes vermelhas e aquilo lhe deu sede. Evitou mais uma vez tocar no assunto, contentou-se em acender um cigarro.

– O que é que você tem?

– O quê?

– Você sabe dirigir ou o quê? Não é capaz de ficar na direita?

– Você tá certo.

Era verdade que estava dirigindo meio mole, de repente, não saberia dizer por quê. Enquanto não ultrapassaram a blitz, sentira-se firme, tão forte e seguro de si quanto ao sair da *log cabin*. Agora, parecia que seu corpo se curvava, as ruas, à sua frente, perdiam consistência. Ao dobrar uma esquina, quase subiu na calçada.

Em sua cabeça, também, tudo ficava confuso, e se prometia que, assim que voltassem à estrada principal, pediria a Sid permissão para ir tomar um trago. Será que Sid desconfiaria dele? Não tinha acabado de passar na prova?

– Você tem certeza de que não errou o caminho?

– Um pouco pra trás eu vi uma seta, e estava escrito Boston.

E, com uma inquietação repentina:

– Para onde você vai?

– Mais para frente. Não se preocupe com isso.

– Eu vou para o Maine. Minha mulher está me esperando com as crianças.

– Continue andando.

Tinham passado os subúrbios, e tudo o que havia era a noite dos dois lados da estrada em que os carros, dispersos, andavam cada vez mais depressa.

– Vamos precisar encher o tanque antes que os postos fechem.

Disse que sim. Tinha vontade de fazer uma pergunta, uma só, a seu companheiro: “Você confia em mim?”

Gostaria que Sid confiasse, que soubesse que Steve não o trairia.

Em vez disso, pronunciou:

– A maior parte dos homens tem medo.

– De quê? – retrucou o outro que havia tirado o chapéu e acendia um cigarro.

Procurou a resposta. Deveria ter encontrado, em uma palavra, porque essas são as verdadeiras respostas. Isso lhe parecia tão evidente que estava furioso com sua incapacidade de se explicar.

– Não sei – acabou confessando.

Depois, na mesma hora, com a impressão de que tinha uma inspiração genial:

– Eles também não sabem.

Sid Halligan não tinha medo. Talvez nunca tivesse tido medo e era por isso que Steve o tratava com consideração.

Aquele homem, que nem mesmo tinha uma boa constituição, estava sozinho na estrada, com certeza sem dinheiro no bolso, e a polícia de três estados o caçava há 48 horas. Não tinha mulher, nem filhos, nem casa, era provável que também não tivesse amigos, e seguia seu caminho pela noite; quando precisava de um revólver, quebrava a vitrine de uma loja para pegar um.

Será que se perguntava o que as pessoas pensavam dele? No bar, ficara encostado no balcão diante de um copo de cerveja e não bebia, à espera de uma oportunidade para ir adiante, pronto para partir precipitadamente assim que o rádio desse mais uma vez sua descrição e que os vizinhos o olhassem com um ar de desconfiança.

– Quanto tempo você tinha que ficar em Sing Sing?

Halligan deu um pulo, não por causa da pergunta, mas porque estava quase adormecendo e a voz de Steve o trouxe de volta.

– Dez anos.

– Quantos cumpriu?

– Quatro.

– Você deve ter entrado lá muito moço.

– Dezenove anos.

– E antes?

– Três anos de reformatório.

– Por quê?

– Carros.

– E os dez anos?

– Carro e *hold-up*.*

– Em Nova York?

– Na estrada.

– Você vinha de onde?

– Missouri.

– Você usou o revólver?

– Se eu tivesse atirado, eles teriam me mandado para a cadeira.

* Assalto à mão armada. (N.T.)

Uma vez, um ano antes, Steve quase assistiu a um *hold-up*, em pleno dia, na Madison Avenue. Mais exatamente, viu o epílogo. Defronte ao seu escritório havia um banco com uma porta monumental. Alguns minutos depois das nove da manhã, enquanto ele fazia suas primeiras ligações para os aeroportos, uma campainha vibrante soara lá fora, a campainha de alarme do banco, e, na rua, os pedestres ficaram imóveis, a maioria dos carros parou, um guarda de uniforme correra para a entrada tirando o revólver da cintura.

Depois de um tempo ridiculamente curto, o policial saiu, já na companhia de um segurança do banco uniformizado e ambos empurravam dois homens, tão jovens que eram quase garotos, com algemas nos pulsos e que mantinham os braços à frente do rosto. De uma loja de aparelhos fotográficos surgira alguém, que tirava fotos instantâneas, e, como por encanto, como se a cena tivesse sido combinada de antemão, uma viatura da polícia parou no meio-fio com um grande barulho de sirene.

Durante cerca de dois minutos, os rapazes ficaram lá, isolados da multidão, sozinhos no meio de um grande espaço, imóveis, na mesma posição, tendo como fundo a porta solene e, quando foram afinal levados, Steve pensou que pelo menos dez anos se passariam antes que eles pudessem rever uma rua, uma calçada. Lembrava-se agora que o que mais o impressionou foi o pensamento de que, durante aqueles dez anos, eles não conheceriam mulher.

A imagem da menininha no armário o perturbava, porque lhe lembrava Bonnie, embora Bonnie tivesse dez anos.

– Por que você a trancou?

– Porque ela berrava e teria alertado os vizinhos. Era preciso ganhar tempo para me afastar do vilarejo. Eu não queria amarrá-la, como a mãe, porque tinha medo de machucá-la. Encontrei uma barra de chocolate e dei a ela, depois a empurrei para dentro do armário dizendo para não ter medo e girei a chave na fechadura. Eu não a maltratei. Fiz o possível para não assustá-la.

– E a mãe?

– Olha aí um posto aberto. É melhor parar para encher o tanque.

Num gesto automático, ele mergulhava a mão no bolso, depois de recolocar o chapéu e afundar no canto do banco.

– Você tem dinheiro?

– Tenho.

– Ande logo.

O frentista, sem olhá-lo, foi desenroscar a tampa do tanque de gasolina.

– Quantos litros?

– Pode encher.

Calaram-se, imóveis. Depois, Steve estendeu ao homem uma nota de dez dólares.

– Você não teria por acaso uma cerveja gelada?

Sid, em seu canto, não ousou protestar.

– Cerveja eu não tenho, mas posso conseguir por ali uma dose de aguardente.

Quando sentiu a garrafa achatada nas mãos, Steve teve tanto medo de que seu companheiro o impedisse de beber que a destampou no mesmo instante, colou os lábios ao gargalo, engolindo o máximo de líquido que conseguiu num só trago.

– O senhor vai para longe?

– Maine.

– A esta hora, já começa a melhorar.

Partiram. Steve perguntou, depois de um momento:

– Você quer?

E, enquanto fez essa pergunta, sua voz era a mesma que teria se tivesse falado com Nancy, era como se ele se considerasse culpado ou achasse necessário se desculpar. Halligan não respondeu. Não devia beber. Primeiro porque, para ele, seria perigoso ficar bêbado. Segundo, porque não precisava.

Por que não lhe explicar? Steve não tinha respeito humano. Eles tinham todo o tempo. A estrada ainda era longa à sua frente, ladeada, pelo que se podia julgar, por florestas.

– Você nunca se embriaga?

– Não.

– Você passa mal?

– Não sinto vontade.

– Porque você não precisa – afirmou Steve.

Olhou para o companheiro e viu que o outro não entendia. Devia estar exausto. No carro, parecia ainda mais pálido do que no bar e sem dúvida fazia um esforço enorme para não dormir. Teria ao menos fechado os olhos desde que saíra da penitenciária?

– Você dormiu?

– Não.

– Está com sono?

– Dormirei depois.

– Em geral, eu também não bebo. Só um copo no fim da tarde, com minha mulher, nos dias em que voltamos juntos para casa. Nas outras noites, não tenho tempo, por causa das crianças.

Achava que já tinha contado a história das crianças que o esperavam e de Ida, a negra, que ele encontrava na maioria das vezes já na porta, chapéu na cabeça, e que parecia acusá-lo de chegar atrasado de propósito. Talvez só tivesse pensado em contar. Agora que tinha uma garrafa à sua disposição, tudo ia bem.

Procurou-a com a mão no banco, não para beber, mas para se certificar de que ela continuava ali, e a voz de seu companheiro, no escuro, disse secamente:

– Não.

Sid era ainda mais categórico do que Nancy.

– Preste atenção na estrada à sua frente.

– Estou prestando.

– Você dirige mal.

– Você quer que eu vá mais depressa?

– Quero que você dirija em linha reta.

– Você não confia em mim? É quando tomo um trago que dirijo melhor.

– Um, talvez.

– Não estou bêbado.

Sid deu de ombros, suspirou com o ar de alguém que não está com vontade de falar. Steve rosnou por dentro. Aquela atitude o humilhava e ele começava a se perguntar se seu companheiro era inteligente.

Por que o deixava dirigir em vez de pegar o volante, se não confiava nele? Encontrou a resposta no mesmo instante, o que provava que o gole de uísque que tomara no posto não tinha lhe tirado a lucidez.

Ainda que não encontrassem outra blitz, continuava sendo possível que uma patrulha os parasse para verificar os documentos. Ora, os guardas se debruçam automaticamente do lado do motorista.

Como em Providence, ninguém pensaria em examinar o homem adormecido.

Começava a esfriar. O ar estava úmido. O relógio do painel não funcionava há meses e, sem uma razão definida, Steve não ousava tirar o seu do bolso. Não fazia ideia de que horas seriam. Quando tentou calcular o tempo que teria transcorrido, atrapalhou-se, abriu a boca para dizer alguma coisa e voltou a fechá-la.

Não sabia o que queria dizer. Se pudesse parar por um momento, apanharia o casaco de gabardine que deveria estar no chão do carro ou no porta-malas, pois, só com a camisa, estava tremendo de frio e não podia pedir ao outro que lhe devolvesse o paletó.

– Onde você pretende ir?

Não deveria ter feito essa pergunta, que corria o risco de provocar a desconfiança de Halligan? Por sorte, ele não o ouviu porque, apesar de toda a força de vontade, acabara adormecendo e sua boca entreaberta deixava passar um sopro regular, levemente sibilante.

Com a mão, Steve tateou o banco até encontrar a garrafa, cuja rolha retirou com os dentes, com todo o cuidado. Como era quase certo que não o deixariam beber mais, esvaziou-a até a última gota, dando três grandes goles, prendendo a respiração, enquanto um calor violento lhe subia às têmporas e lhe embaçava os olhos.

Tratou de recolocar a rolha e devolver a garrafa ao lugar onde estava, retirando a mão do banco quando o carro deu uma guinada, sacudindo-se duas ou três vezes. Colocou-o em linha reta a tempo, soltando o acelerador, empurrando aos poucos o freio e, depois de novos saltos, o carro parou à beira do caminho.

A surpresa foi tanta, aquilo tinha sido tão inesperado e rápido que Steve não prestou atenção em Sid Halligan e ficou apavorado ao vê-lo apontar para ele o cano do revólver. Seu rosto não tinha expressão. Se tinha, era a de um animal que parece crescer para enfrentar o perigo.

– Um pneu... – balbuciou Steve, cuja testa se cobria de suor.

Não era tanto por causa do revólver. Era porque mal podia falar. Sua língua estava tão pesada que a palavra pneu saía toda deformada de seus lábios. Tentou outra palavra:

– Furou...

"...sem querer..."

Sem nada dizer, sem largar a arma, o outro acendeu a luz do painel, pegou a garrafa que olhou com ar de nojo e que atirou pela janela.

– Desce.

– Tá bom.

Nunca teria acreditado que aquela bebida faria um efeito tão fulminante. Com a porta aberta, precisou se agarrar a ela para descer.

– Você tem estepe?

– No porta-malas.

– Ande logo.

Andou, as pernas ao mesmo tempo duras e vacilantes, em direção à parte de trás do carro, mas tinha agora certeza de que, se teimasse em ficar de pé, acabaria desabando de vez. E era ainda mais perigoso se curvar, por conta da tonteira. Até a maçaneta do porta-malas era dura demais, complicada demais para ele, e foi o companheiro que veio abri-la.

– Você tem macaco?

– Devo ter.

– Onde?

Não sabia. Não sabia mais nada. Alguma coisa acabava de se quebrar dentro dele. Tinha vontade de se sentar na grama à beira do caminho e começar a chorar.

– Então?

Tinha que conseguir, custasse o que custasse. Se não demonstrasse boa vontade, Halligan era capaz de matá-lo. Passava um carro a cada dois ou três minutos e, o resto do tempo, estavam sozinhos no espaço, com a folhagem das árvores que se movia devagar acima de suas cabeças.

Os que passavam, quase todos em alta velocidade, não se preocupavam com um carro parado à margem da estrada, nem com as duas silhuetas que entreviam com a rapidez de um raio no feixe de luz de seus faróis.

Halligan poderia abatê-lo sem perigo, se quisesse, e arrastar seu corpo para o bosque onde dias se passariam até que o descobrissem, sobretudo se estivesse longe de um vilarejo. Será que Sid hesitaria em matar alguém? Era provável que não. Ainda agora, ao falar da menininha, ele afirmou não tê-la machucado e disse que não queria assustá-la. Mas o que tinha feito com a mãe? Agora não ousaria mais perguntar isso, nem qualquer outra coisa.

Segurava o macaco. Era o pneu traseiro direito que estava furado e Sid continuava a seu lado, sem largar a arma.

– Você não sabe o que fazer?

– Sei sim.

Para não se inclinar, ajoelhou-se, ficou de quatro, esforçando-se por colocar o macaco no lugar certo e de repente se sentiu desfalecer, caiu molemente no chão, os braços para a frente, balbuciando:

– Desculpe.

Não perdeu a consciência. E, se Halligan não estivesse ali com o revólver, até que não seria uma sensação desagradável. Toda a tensão se desfizera de repente, como se seu corpo e sua cabeça se esvaziassem e ele não precisasse mais fazer qualquer esforço, seria inútil, só precisava se deixar levar e esperar.

Talvez fosse dormir. Não tinha importância. Uma única vez havia conhecido aquele estado, em casa, numa noite em que haviam recebido amigos e ele esvaziara os copos de todos. Quando Nancy e ele ficaram a sós, deixara-se cair numa poltrona, pernas estendidas à frente, e suspirara com um alívio intenso, um sorriso beatificado nos lábios:

– A-ca-bou!

Ainda que só soubesse a maior parte do que houve depois porque sua mulher lhe contou, não deixava de ter a impressão de ter retido algumas imagens. Ela o fez tomar um café, do qual ele derrubou a maior parte, e depois respirar amônia. Ela o ajudou a se pôr de pé, falando duramente, com voz de comando, e, como ele continuava a cair sem parar, acabou puxando o corpo de Steve, os braços dele passados sobre seus ombros, as pernas se arrastando sobre o tapete.

– Eu não queria que as crianças o encontrassem desabado numa poltrona do living, quando acordassem de manhã. – Ela conseguiu tirar-lhe a roupa e enfiar-lhe o pijama. – Levante o corpo, Steve. Você está me ouvindo. É preciso que você levante os quadris. Não, os ombros não.

Halligan, por sua vez, arrastava-o por um braço até a beira do acostamento, onde Steve desabou sobre os arbustos. Não estava de olhos fechados. Não dormia. Sabia o que estava acontecendo, ouvia os palavrões que seu companheiro resmungava ao manejar o macaco que rangia.

Não valia a pena ficar com raiva porque, de qualquer maneira, estava nas mãos dele. Indefeso, como uma criança recém-nascida. Achou graça na expressão. Indefeso! Mal e mal conseguia se sentar ao perceber que estava com a cabeça em cima de urtigas.

– Não se mexa!

Não tentou responder. Sabia que não conseguia mais falar, era cansativo. Ainda mexia os lábios, não sem esforço, e não conseguia emitir mais sons do que se soprasse um apito entupido.

Não tinha avisado que aquela era a sua noite? Pena que Nancy não estivesse ali para ver. É verdade que ela não teria entendido. Aliás, se ela estivesse ali, nada teria acontecido. Estariam agora chegando à colônia de férias.

Não sabia que horas eram. Não precisava mais saber as horas. Nancy teria hesitado em acordar a sra. Keane. Seu primeiro nome era Gertrud. Podia-se ouvir, através do acampamento, a voz do sr. Keane chamando:

– Gertrud!

O primeiro nome dele era Hector. Não tinham filhos. Era impossível, não saberia dizer por que, imaginar os dois fazendo um filho.

Hector Keane usava bermudas cáqui que lhe davam um ar de garoto que cresceu demais e trazia sempre pendurada ao pescoço uma pequena trombeta para reunir as crianças do acampamento. Brincava de tudo com elas, subia nas árvores e era possível sentir que não fazia aquilo para ganhar a vida ou por dever profissional, e sim porque se divertia.

Sid continuava a lutar com o pneu e isso também era cansativo, porque o deixava de mau humor e ele reclamava sem parar.

Será que tinha vontade de matar Steve? Primeiro, isso não adiantaria nada, a não ser, conforme a sua frase de antes, mandá-lo mais dia, menos dia, para a cadeira.

Talvez ele fosse abandoná-lo ali. Steve lamentava não ter vestido mais cedo sua capa de chuva, porque começava a tremer de frio.

Se conseguisse não dormir, talvez, afinal de contas, ganhasse um pouco de energia. Por mais que a cabeça pesasse, recusava-se a fechar os olhos e não perdia a consciência. Não fosse sua língua pesada e parecendo paralisada, teria sido capaz de repetir tudo o que havia contado desde o começo da noite. Talvez não na ordem. E ainda assim!

Tinha certeza de não ter dito bobagens. Podiam achar o contrário, à primeira vista, porque nem sempre se dava o trabalho de construir as frases como deveria. Pegava atalhos. Aparentemente, misturava os assuntos.

No fundo, tudo fazia sentido e não se arrependia do que tinha feito. Só de não ter vestido a capa de chuva. E também de não ter perguntado a tempo o que acontecera com a mãe da menininha. Estava certo de que Sid teria respondido. No ponto em que estavam, não havia razão alguma para que ele lhe escondesse fosse o que fosse. Aliás, o caso estava em todas as emissoras de rádio.

Talvez Nancy continuasse no carro. Como ela ia fazer, chegando em Hampton? Faltavam uns trinta e poucos quilômetros de estrada ruim à beira-mar para chegar ao acampamento. Se ela não achasse um táxi e, como era mais do que provável, se todos os hotéis em Hampton estivessem lotados, o que ela faria?

Para trabalhar mais à vontade, Sid tirou o paletó de tweed e estava agora se virando com o pneu estepe. Quando acabou, fechou o porta-malas, sem se dar o trabalho de botar lá dentro o pneu furado. Afinal, não era o carro dele!

Steve estava curioso para saber o que o outro faria. Ele parecia desconfortável, desconfiado, vestia o paletó, aproximava-se do acostamento. Plantado à sua frente, olhou-o fixo por um bom tempo, de alto a baixo, depois, inclinando-se, deu-lhe uma bofetada em cada face, sem raiva, como por desencargo de consciência.

– Você agora consegue se levantar?

Steve não sentia vontade. As bofetadas mal o tinham perturbado em seu bem-aventurado torpor e seus olhos fitavam o companheiro com ar malicioso.

– Tente!

Devagar, fez que não com a cabeça. E, quando ergueu o braço para se proteger, era tarde demais, duas outras bofetadas caíram sobre seu rosto.

– E agora?

Ficou primeiro de quatro, depois de joelhos, e seus lábios se moviam sem que se pudesse saber o que diziam:

– Não me machuque.

Por que pensava na menininha e sorria?

Era exaustivo. Com a ajuda de Halligan, que o amparava, chegou ao carro e desabou sobre o banco, mas não do lado do volante.

CAPÍTULO IV

Antes de abrir os olhos, espantou-se com a sua imobilidade. Ainda não se lembrava de seu passeio de carro, nem do lugar em que poderia estar, mas um instinto obscuro lhe dizia que aquela imobilidade tinha algo de anormal, talvez de ameaçador.

Talvez tenha feito um pequeno movimento quando sentiu uma dor viva na nuca, milhares de agulhas que lhe penetravam a carne, e se imaginou ferido, o que explicava o peso da cabeça.

Ao mesmo tempo, através das pálpebras fechadas, percebia o brilho do sol.

Poderia jurar que não dormira, compreendia menos ainda o buraco em sua memória, já que não tinha perdido consciência do movimento monótono do carro.

Ora, aquele movimento não existia mais. Ele estava ou ferido ou doente e tinha medo de saber a verdade que só poderia ser desagradável, adiava o momento de enfrentá-la, esforçando-se para voltar a mergulhar no torpor.

Estava quase conseguindo, o vazio o invadia de novo quando uma buzina gritou bem perto, tão aguda que não se lembrava de ter ouvido nada parecido, e um carro passou rasgando o ar. Quase logo depois, foi um caminhão, do qual uma corrente que pendia dava pulos sobre a estrada com um barulho de sinos.

Chegou a achar que ouvia sinos de verdade, muito longe, mais longe do que os trinados dos pássaros e o assobio do melro, mas isso devia ser uma ilusão, como sem dúvida era o fato de imaginar um céu de um azul irreal onde estavam suspensas duas pequenas nuvens brilhantes.

O cheiro do mar e de pinheiros seria também uma ilusão? E um saltitar, na grama, que imaginava ser o saltitar de um esquilo?

Sua mão que tateava esperava encontrar grama lisa mas o que encontrou foi o lençol usado que recobria os assentos do carro.

Abriu os olhos, de repente, por desafio. Foi ofuscado pela luz da manhã mais brilhante que já tinha visto.

Entre a passagem dos carros, que produzia a cada vez uma corrente de ar fresco, não se ouvia qualquer outro ruído além do canto dos pássaros e foi emocionante constatar que o esquilo estava mesmo ali, segurando-se agora a meia altura do tronco cor de bronze de um pinheiro e espiando-o com seus olhinhos vivos e redondos.

O calor de um dia de verão subia do solo numa névoa que fazia a luz estremecer e essa luz penetrava tanto através de seus olhos que ele teve uma tontura e voltou a sentir na boca o resto do gosto nauseante do uísque.

Só havia ele no carro e ele não estava no lugar que ocupava quando se instalou, e sim sentado diante do volante. A estrada era larga, acetinada, gloriosa, feita como para uma apoteose, com suas listras brancas que desenhavam três vias em cada sentido e, dos dois lados, bosques de pinheiros que se estendiam a perder de vista, o céu de um azul mais nacarado à direita, onde, sem dúvida, não muito longe, a orla branca do mar vinha se desfazer na praia.

Quando tentou esticar o corpo encolhido, a mesma dor apertou-lhe a nuca do lado da porta aberta e não precisava passar a mão na pele para saber que não estava ferido. Tinha se resfriado. Sua camisa estava embebida da umidade da noite. Procurou no bolso um cigarro, acendeu-o e seu gosto era tão ruim que hesitou em fumar. Se o fez foi porque ter o cigarro nos lábios, aspirar a fumaça e soprá-la num gesto familiar lhe dava a impressão de ter voltado à vida.

Esperou, para descer, um intervalo entre os carros que se seguiam a um ritmo regular, diferente do da véspera, na saída de Nova York, diferente também do da noite. Esses carros de agora tinham, quase todos, placas de Massachusetts e as pessoas, dentro deles, usavam cores claras, os homens vestiam camisas estampadas, as mulheres estavam de shorts, algumas de roupas de banho. Viu clubes de golfe, barcos sobre os teto dos carros.

Os carros, ao que parecia, vinham de Boston e se dirigiam para as praias vizinhas. O rádio devia anunciar em triunfo um weekend ideal, prevendo que, como todos os anos, um milhão e meio de nova-iorquinos se amontoariam à tarde na praia de Coney Island.

Apesar do frescor do ar, Steve continuava a sentir frio no interior do carro e procurou em vão por seu paletó de tweed ou por sua gabardine. Havia outro paletó, mais leve, em sua maleta. Contornando o carro, abriu o porta-malas e seu rosto exprimiu estupor e decepção.

Estava triste, naquela manhã. Era uma tristeza imensa, quase cósmica. Sua maleta desaparecera do porta-malas do carro e, antes de levá-la, alguém tinha tirado as coisas de Nancy – roupa de baixo, sandálias, um maiô – que estavam ali misturadas às ferramentas. A nécessaire que continha, entre outras coisas, seu pente, sua escova de dentes e o aparelho de barbear, também havia desaparecido.

Não tentava pensar. Só estava triste, teria pago um bom preço para que as coisas não tomassem um aspecto tão sórdido.

Só depois de ter voltado a fechar o porta-malas percebeu que o pneu traseiro direito estava achatado no chão. Até então, não se perguntara por que o carro estava parado no acostamento.

O pneu tinha furado, na mesma roda que da primeira vez, o que não era surpreendente porque o estepe era velho e ele nunca se lembrava de mandar enchê-lo.

Não ouvira coisa alguma. Halligan não se deu o trabalho de acordá-lo ou, se tentou, não conseguiu. Por que o acordaria? Levou sua maleta depois de ter o cuidado de se livrar das roupas femininas e de se preocupar, para dar um ar mais natural ao carro parado à beira da estrada, em sentar Steve diante do volante.

Talvez houvesse uma pequena estação nos arredores? Ou então Halligan tinha pedido carona. Com a maleta na mão, sua figura era mais tranquilizadora.

Bem no fim da estrada, no horizonte, um telhado vermelho era visível ao sol e o que brilhava abaixo dele devia ser uma fileira de bombas de gasolina. Era longe, uns oitocentos metros, talvez mais. Não se sentiu com forças para andar até lá, instalou-se perto do carro enguiçado, voltado para a esquerda, erguendo o braço à passagem de cada automóvel.

Cinco ou seis passaram sem parar. Um caminhão-cisterna vermelho reduziu a velocidade, o motorista fez-lhe sinal para que pulasse para o estribo e abriu a porta sem parar de todo.

– Pneu furado?

– É. É uma oficina o que se vê lá adiante?

– Parece.

Sentiu-se empalidecer, pois a trepidação do caminhão lhe dava náuseas, sua cabeça doía tanto quanto se lhe tivessem dado marteladas.

– Estamos longe de Boston? – perguntou.

O colosso ruivo que dirigia olhou-o com uma surpresa em que havia uma ponta de suspeita.

– Está indo para Boston?

– Na verdade vou para o Maine.

– Boston ficou cinquenta quilômetros atrás de nós. Agora, estamos atravessando New Hampshire.

Aproximavam-se do prédio que era mesmo uma oficina e, bem perto, havia uma cafeteria.

– Acho que o senhor tá precisando à beça de uma xícara de café.

Devia ser visível que estava de ressaca. Todos os que passavam de carro àquela hora tinham dormido em suas camas, estavam recém-barbeados, usavam roupas limpas.

Sentia-se sujo, mesmo por dentro. Seus movimentos não tinham retomado sua precisão e, quando agarrou a porta para descer, sentiu vergonha ao constatar que suas mãos tremiam.

– Boa sorte!

– Obrigado.

Nem mesmo um cigarro o outro oferecera. Talvez pudesse ser menos penoso se tivesse continuado a chover, se o tempo estivesse cinzento, ventando. Até a oficina era nova, de uma limpeza meticulosa, com frentistas de macacão branco. Aproximou-se de um dos que estavam desocupados.

– Meu carro enguiçou um pouco mais acima – disse, numa voz tão fraca que deveria estar parecendo um pedinte.

– Fale com o patrão, no escritório.

Precisou passar por um carro aberto no qual três rapazes e três moças de short comiam casquinhas de sorvete de creme. Todos o olhavam. Estava amarfanhado. Sua barba tinha crescido. Quando entrou no escritório em cujo canto havia pneus novos empilhados, o patrão, apenas de camisa e fumando um charuto, esperou que ele falasse.

– Meu carro está enguiçado a oitocentos metros daqui, na direção de Boston. Pneu furado.

– Não tem estepe?

Preferiu dizer não a confessar que tinha sido abandonado na estrada.

– Vou mandar alguém. Vai demorar pelo menos uma hora.

Viu uma cabine telefônica, preferiu esperar até ter tomado café.

Não estava com raiva de Sid Halligan por ter ido embora, dava-se conta de que o outro não teve escolha. Guardava rancor, isso sim, da decepção que ele lhe causara.

Olhando de mais perto, era de si mesmo que se envergonhava, sobretudo das migalhas de lembranças que começavam a voltar e que gostaria de esquecer para sempre.

– O senhor tem a chave?

– Está no carro.

Ao dizer isso, percebeu que na verdade não sabia coisa alguma, pois não foi ele quem dirigiu por último. E se Halligan tivesse levado a chave ou tivesse tido a ideia de jogá-la no meio dos arbustos?

– Imagino que o senhor vá esperar aqui do lado?

– Vou. Dirigi a noite toda.

– Nova York?

– É.

Será que a careta do homem queria dizer que uma noite inteira era demais para se vir de Nova York e que Steve deveria ter parado mais de uma vez pelo caminho?

Preferiu se afastar.

"Você é um irmão!"

Eram aquelas palavras, repetidas por ele como um leitmotiv, que mais o humilhavam. Estava então enfiado no seu canto, cercado pela escuridão, e devia sorrir como um idiota, afirmando a seu companheiro que estava feliz como nunca tinha estado na vida.

Talvez tivesse falado menos do que imaginava. Em todo caso, acreditava que sim, a língua pesada demais e sem movimento dentro da boca.

"Um irmão! Você não pode entender o que é isso!"

Por que, quando bebia, achava invariavelmente que ninguém era capaz de compreendê-lo? Era porque então coisas enterradas no fundo dele, que ele mesmo ignorava, ou queria ignorar no curso da vida de todos os dias, vinham à superfície e o surpreendiam e amedrontavam?

Preferia pensar que não. Não era possível. Tinha falado de Nancy. Tinha pensado muito nela, não como marido ou como homem que ama, mas como um ser superior que nada desconhece dos menores meandros humanos.

"Ela tem a vida que quis ter, que decidiu ter. Pouco importa se eu..."

Hesitava em entrar na cafeteria, onde iriam outra vez olhá-lo dos pés à cabeça. Havia um grande balcão de ferro com bancos fixos, aparelhos em metal cromado para o café e a comida. Duas famílias sentavam-se perto da parede de vidro, as duas com crianças, entre as quais uma menina da idade de Bonnie, e o ar estava impregnado do cheiro de ovos com bacon.

– Café da manhã completo?

Instalou-se no balcão. As garçonetes usavam uniforme e chapéu branco. Eram três, bonitas e limpas.

– Primeiro só café.

Precisava telefonar para a colônia de férias, mas não ousava fazer isso naquele momento. Erguendo os olhos, ficou surpreso ao ver no relógio elétrico que eram oito da manhã.

– Está funcionando? – perguntou.

E a moça, que tinha bom humor, respondeu:

– Que horas o senhor acha que são? Ainda acha que é ontem à noite?

Todos tinham um aspecto tão limpo! Devido ao cheiro dos ovos e do bacon misturado ao do café, lhe vinha à lembrança sua casa em Scottville, na primavera, quando, pela manhã, o sol entrava na copa. Eles não tinham sala de jantar. Uma parede a meia altura dividia a cozinha em duas partes. Era mais íntimo. As crianças desciam para comer de pijama, os olhos inchados de sono e o pequeno, naquela hora, tinha uma cara engraçada, como se seus traços, durante a noite, tivessem sido apagados. Sua irmã lhe dizia:

– Você parece um chinês.

– E você?... E você... E você, você... – começava o garotinho que procurava uma resposta cortante e nunca a encontrava.

Era limpo e claro em sua casa também. Era alegre. De onde tinha podido tirar tudo o que contara ou achava que contara a Halligan?

Enquanto falava, só via do outro um perfil, um cigarro que lhe pendia dos lábios e que era substituído assim que chegava ao final, como se ele tivesse medo de adormecer.

“Você sim, é um homem!”

Aquele perfil lhe parecia o mais importante do mundo.

“Ainda agora, você poderia ter me matado.”

O mais terrível é que acreditava se lembrar que, diversas vezes, uma voz desdenhosa tinha dito:

“Vai se catar!”

Era então que dizia, por mais trabalhoso, por mais indistinto que fosse:

– Você poderia ter me deixado na beira da estrada. Se não fez isso de medo que eu o denunciasse à polícia, se enganou. Você me julga mal. Fico triste por você me julgar mal.

Agora, era obrigado a trincar os dentes para não gritar de raiva, de ódio. Tudo aquilo, era ele! Aliás, tudo aquilo só tinha saído dele.

"Eu sei que não pareço, mas eu também, no fundo, sou um homem."

Um homem! Um homem! Um homem! Aquilo tinha sido uma obsessão. Será que tinha tanto medo de não ser homem? Misturava os trilhos, a auto-estrada, sua mulher que tinha ido embora de ônibus.

"Uma boa lição que eu dei a ela."

Girava mecanicamente a colher em seu café quente demais.

"Quando saí do bar e vi o bilhete no carro..."

Sid tinha olhado para ele e Steve tinha quase certeza de tê-lo visto sorrir. Se era verdade, aquele havia sido o único sorriso da noite.

Não deveria mais pensar nisso, ou seria incapaz de telefonar para Nancy. Ainda não decidira o que diria a ela. Será que ela acreditaria, se lhe confessasse a verdade, supondo que teria coragem de fazer isso? O que ela com certeza faria, até onde a conhecia, seria telefonar para a polícia, nem que fosse na esperança de recuperar as coisas levadas por Halligan. Ela tinha horror de perder alguma coisa, de ser enganada de um jeito ou de outro e, uma vez, ela o tinha feito voltar mais de quatro quilômetros para reclamar numa loja 25 centavos que lhe tinham dado a menos num troco.

Talvez tivesse contado a Sid a história dos 25 centavos. Não sabia mais, não queria saber. Mergulhava os lábios no café e o líquido quente, em seu estômago, tinha um gosto atroz e trazia de volta o amargo na garganta. Precisou engolir água gelada, por medo de vomitar, e tomou o cuidado de ver onde ficavam os banheiros para o caso de ser forçado a correr até lá.

Sabia do que precisava, mas aquele remédio lhe dava medo. Um copo de uísque o deixaria novo em folha, no mesmo instante. O ruim era que, uma hora depois, precisaria de outro, e assim por diante.

– Descobriu se está ou não com fome?

Fez força para sorrir também.

– É não.

Ela já tinha entendido. O olhar que ela lhe lançava era malicioso.

– O café não desce?

– Tá difícil.

– Se o senhor precisar de outra coisa, há um vendedor de bebidas a cem metros daqui, atrás da oficina. É a quarta vez que dou esse endereço hoje de manhã, e nem levo porcentagem.

Não era o único naquele estado pelas estradas, é claro. Deveria haver milhares, dezenas de milhares que, naquela manhã, não se sentiam bem.

Deixou uma moeda no balcão, saiu, encontrou o caminho que, entre duas fileiras de pinheiros, levava a um grupo de casas. Teria preferido tomar um copo de bebida num bar, certo de que teria sido só um, mas não havia nada por perto e era obrigado a comprar uma garrafa.

– Uísque. Um quarto de litro.

– Escocês?

O canadense lhe deixara uma lembrança negativa demais para que tocasse nele hoje.

– Um dólar e setenta e cinco.

Levou a mão ao bolso esquerdo da calça e essa mão se imobilizou, seu olhar também, porque a carteira não estava mais ali. Seu rosto deve ter mudado de cor, se é que isso ainda era possível. O vendedor perguntou:

– Alguma coisa errada?

– Nada de mais. Uma coisa que esqueci no carro.

– O dinheiro?

Sua outra mão mergulhou no bolso direito e ele ficou um pouco mais tranquilo. Tinha o costume de enfiar ali as notas de um dólar que guardava enroladas. Halligan não tinha remexido naquele bolso e Steve contou seis notas. Precisaria de dinheiro para a oficina. Mas, na oficina, talvez aceitassem um cheque.

Para beber, achou que deveria se esconder no bosque e só tomou dois goles, o suficiente para se reequilibrar. No mesmo instante, aquilo o fez se sentir melhor e ele guardou a garrafa no bolso e tentou mais uma vez fumar um cigarro, que não o deixou enjoado. Quando se virou, constatou que não estava enganado há pouco, quando imaginou respirar o ar marinho: ali estava o mar, calmo e cintilante, entre as arvores de um verde escuro e, numa faixa de areia amarela, brilhava o vermelho de uma barraca de praia.

Se o interrogassem, o que responderia à polícia?

Gaivotas – cujos ventres brancos brilhavam no azul do céu – voavam, e ele preferiu não olhar para elas, pois lembravam-no que Bonnie e Dan o esperavam numa outra praia a uns cem quilômetros dali. Como teria a mãe deles explicado sua ausência?

Cabeça baixa, caminhava devagar na direção da oficina. A polícia não era problema agora, pois havia pouca chance de que soubessem que ele tinha dado carona a Sid Halligan.

Seu erro era sempre criar problemas para si mesmo. A explicação da maleta e das coisas roubadas era fácil. De qualquer modo, seria forçado a admitir que tinha bebido.

Nancy já sabia disso. Em dois ou três bares da beira da estrada, não diria quais. E, ao sair de um deles, tinha descoberto que a maleta e o estepe haviam desaparecido.

Pronto! Não era muito bonito. Não estava especialmente orgulhoso de si. Mas, afinal de contas, ele não se embriagava todos os dias como seu amigo Dick, que nem por isso Nancy deixava de considerar um homem interessante e até um homem superior.

Quanto ao fato de telefonar tão tarde, explicaria que, ali onde se viu imobilizado pelo pneu furado, a linha tinha sido interrompida pelo temporal e as comunicações acabavam de ser restabelecidas. Isso acontece a toda hora.

Estava quase contente com seu arranjo. Era preciso encarar os fatos de frente. Todo mundo, e pode-se dizer que todos os dias, é obrigado a aceitar pequenas concessões. Rever seu carro na oficina, em cima do macaco hidráulico, também o tranquilizava. Um dos mecânicos cuidava de introduzir uma câmara de ar no pneu.

– É seu? – perguntou o homem, enquanto ele observava seu trabalho.

– É.

– Andou um bocado depois que furou.

Preferiu nada dizer.

– O patrão quer vê-lo.

Foi encontrá-lo no escritório.

– Demos um jeito no pneu, assim, assim. O carro estará pronto em alguns minutos, se o senhor fizer questão. Entretanto, se tiver muita estrada pela frente, eu o aconselharia a não partir desse jeito. A borracha tem um furo de mais de vinte centímetros. Foi preciso mudar a câmara de ar.

Estava a ponto de encomendar um pneu novo, com a ideia de assinar um cheque, quando se deu conta de mais uma consequência do desaparecimento de sua carteira.

Ninguém, na estrada, aceitaria um cheque sem conferir a identidade. Ora, sua carteira de motorista e todos os seus documentos estavam na carteira de notas. Também não poderia telefonar ao banco, porque era sábado. Até então, tivera a impressão, talvez por causa do bom tempo, de que era domingo.

– Não vou muito longe – murmurou.

Ao entrar na oficina, havia prometido a si mesmo, depois de dar uma olhada no carro, que comeria um pouco. Agora que o álcool lhe arrumara o estômago, estava com fome. Faria bem comer. Tentava calcular com quanto dinheiro ficaria, quanto custaria o conserto e a câmara de ar nova.

E se não tivesse o bastante? Se tentassem impedi-lo de partir com seu carro?

– Já volto.

– Como quiser.

Preferia telefonar da cafeteria, pois, ali, não sabia por que, o patrão o impressionava.

– Ovos com bacon, desta vez?

– Ainda não. Um café.

Tinha algumas moedas no bolso. Na cabine, chamou a telefonista, pediu o número 7 em Popham Beach, que era o telefone dos Keane. Demorou bastante. Ouvia sua chamada sendo passada de setor em setor e todas as vozes eram alegres como se os que trabalhavam também sentissem que aquele era um dia excepcional.

Se sua mulher estava preocupada com ele, deveria estar perto do escritório de Gertrud Keane e talvez fosse ela a tirar o fone do gancho. Virado para a parede, levou a garrafa aos lábios para um gole só de uísque, apenas para limpar a voz, que estava mais rouca do que de costume.

– Acampamento Walla Walla.

Era a sra. Keane, que se parecia tanto com sua voz que ele imaginava vê-la do outro lado da linha.

– É Steve Hogan, sra. Keane...

– Como vai, sr. Steve? Onde estão? Nós os esperávamos esta noite, como tinham dito, e eu deixei a chave na porta do bangalô.

Precisou de algum tempo para descobrir em que implicava aquela frase e de qualquer modo perguntou, contendo um pânico incipiente:

– Minha mulher está aí?

– Ela não está com o senhor? Mas não, sr. Steve, ela não chegou aqui. Temos três famílias que desembarcaram hoje pela manhã, todas de Boston. Olhe! Vejo daqui a sua Bonnie, toda bronzeada, as tranças mais loiras do que nunca.

– Diga-me, sra. Keane, a senhora tem certeza de que minha mulher não está no acampamento? Ela não teria parado no acampamento dos meninos?

– Meu marido esteve aqui há poucos minutos e ele teria me dito. Onde o senhor está?

Não teve coragem de confessar que não sabia. Não tinha pensado em perguntar o nome da cidadezinha mais próxima.

– Estou na estrada, a cento e poucos quilômetros daí. A senhora sabe a que horas o ônibus chega em Hampton?

– O *Greyhound* da noite?

– É.

– Ele passa às quatro da manhã. O senhor não está dizendo que sua esposa...?

– Um instante. Supondo que ela tenha chegado às quatro, ela teria como achar um meio de transporte para chegar até aí?

– Com certeza. Um ônibus local faz esse trajeto e passa aqui às cinco e meia.

Não percebeu que tirava um lenço sujo do bolso para secar a testa e o rosto?

– A senhora conhece os hotéis de Hampton?

– Só existem dois, o Hotel do Maine e o Ambassador. Espero que nada tenha acontecido com ela. O senhor quer que eu chame Bonnie?

– Agora não.

– O que devo dizer a ela? Ela está me olhando pela janela. Está desconfiada de que estou falando com o senhor.

– Diga que o carro enguiçou e que vamos nos atrasar.

– E se sua esposa chegar?

– Diga que eu telefonei, que está tudo bem, que telefonarei de novo um pouco mais tarde.

Suas mãos tremiam, os joelhos também. Chamou outra vez a telefonista.

– O Hotel do Maine, em Hampton, por favor. Uma voz disse, depois de alguns instantes:

– Coloque trinta centavos no aparelho.

Ouviu as moedas caírem.

– Hotel do Maine.

– Eu gostaria de saber se a sra. Nancy Hogan registrou-se no seu hotel esta noite.

Precisou repetir o nome, soletrar, esperar um tempo que lhe pareceu interminável.

– Esta pessoa teria chegado ontem à noite?

– Não. Esta madrugada, às quatro horas, pelo *Greyhound.*

– Sinto muito. Nenhum de nossos hóspedes veio de ônibus.

Imbecil! Como se o hotel fosse de uma qualidade tal q...

Sacrificou outros trinta centavos para chamar o Ambassador, onde não havia ninguém registrado com o sobrenome Hogan e onde o último viajante tinha chegado à meia-noite e meia.

– O senhor não soube se o *Greyhound* da noite teve algum acidente?

– Com certeza não. Teriam comentado e estaria no jornal desta manhã. Acabei de ler. Sem contar que a rodoviária é aqui em frente e que...

Precisava sair da cabine na qual sufocava. Até o sorriso da garçonete lhe fazia mal. Ela não tinha como saber. Ela zombava dele com delicadeza.

– Decidido, agora?

Como saber o que acontecera a Nancy? Olhava fixo para a xícara de café, inconscientemente, e, naquele minuto, amava sua mulher como nunca havia amado, teria dado um braço, uma perna, dez anos de sua vida, para que ela estivesse ali, para lhe pedir perdão, suplicar-lhe que sorrisse, que fosse feliz, prometer-lhe que de agora em diante ela seria feliz todos os dias.

Ela partira, sozinha, à noite, levando apenas a bolsa nas mãos, na direção das luzes do cruzamento, e ele achava que se lembrava de que chovia naquela hora, imaginava-a escorregando na lama e recebendo os respingos dos carros que corriam pela estrada.

Será que estava chorando? Será que o fato de ele ter sentido necessidade de ir beber a deixava tão infeliz? Não teve qualquer segunda intenção ao retirar a chave da ignição. Era só uma resposta de toma lá dá cá, quase uma brincadeira, porque ela o tinha ameaçado de ir embora com o carro.

Será que teria ido mesmo?

Sabia que ela era sensível, apesar das aparências, mas não era sempre que ele gostava de admitir, sobretudo quando tinha bebido.

"Nessa hora, você me detesta, não é mesmo?"

Jurara que não, que era só uma espécie de revolta passageira, infantil.

"Não! Eu sei perfeitamente! Vejo nos seus olhos. Você me olha como se lamentasse ter sua vida ligada à minha."

Não era verdade. Precisava encontrá-la a qualquer custo, saber o que tinha acontecido com ela. Perguntava-se, ansioso, a quem indagar, tendo sempre em mente, sem qualquer razão definida, que ela havia chegado em Hampton. Que importava se a garçonete o olhasse surpresa.

– Me dê a moeda de um dólar.

Mas explicou:

– Para o telefone...

E, como se tivesse o dom da adivinhação, ela gracejou:

– O senhor perdeu alguém?

Aquela frase quase o fez chorar como um idiota na frente dela. Ela deve ter percebido porque, num outro tom, apressou-se em acrescentar:

– Desculpe!

A telefonista já reconhecia sua voz.

– Que número deseja, desta vez?

– A polícia de Hampton, no Maine.

– A polícia do condado ou a polícia da cidade?

– Da cidade.

– Trinta centavos!

Iria se lembrar do barulho das moedas caindo uma a uma no aparelho.

– Polícia.

– Desejo saber se aconteceu alguma coisa com a minha mulher que deveria ter chegado esta noite a Hampton, pelo *Greyhound*.

– Qual o nome?

– Hogan. Nancy Hogan.

– Idade?

– Trinta e quatro anos.

Sempre o surpreendia que ela tivesse dois anos a mais do que ele.

– Descrição?

Teve certeza de uma tragédia. Se lhe pediam a idade e a descrição de Nancy, era porque tinham recolhido o corpo e queriam saber, antes de lhe dizer, que era mesmo ela.

– Estatura média, cabelos castanho-claros, vestindo um costume verde-claro e...

– Não temos ninguém assim.

– Tem certeza?

– Tudo o que temos na delegacia é uma mulher velha, bêbada de não se aguentar em pé, dizendo que um desconhecido bateu nela e...

– Ninguém foi levado ao hospital?

– Um momento.

Resistiu à tentação de tomar um gole de bebida. Estupidamente, o que o reteve foi o fato de que do outro lado da linha estava a polícia.

– Um acidente de automóvel, marido e mulher. O marido morreu. O sobrenome não é esse.

– Nada mais?

– Só um caso urgente de apendicite. Uma menina. Ela é daqui. Se isso aconteceu fora da cidade, seria melhor que o senhor telefonasse ao xerife.

– Obrigado.

– Às ordens.

A telefonista não escondeu que tinha ouvido a conversa.

– O senhor quer o xerife?

E, como ele balbuciava um vago “quero”:

– Trinta centavos!

O xerife também não tinha ouvido falar de Nancy. O *Greyhound* chegara sem problemas no horário previsto e saíra dez minutos depois.

Telefonando para a garagem dos ônibus, acabou sabendo que nenhuma mulher descera em Hampton naquela noite e se dessa vez tomou um gole, virado para o fundo da cabine, depois de se certificar que a garçonete não estava olhando, era realmente na esperança de acabar com o tremor das mãos e dos joelhos. Chegou a chamar à meia-voz antes de sair, porque ninguém podia ouvi-lo:

– Nancy!

Não sabia mais o que fazer. Se ao menos soubesse o nome do lugar onde sua mulher o deixara! Revia o bar, e principalmente o bêbado loiro que se parecia com ele e que o tinha chamado de irmão. Não era possível que não se lembrasse dessas coisas numa hora dessas! Revia também o trecho da estrada até o cruzamento, com um terreno indistinto no qual achava ter visto a silhueta de uma fábrica e, com mais clareza, perto da cafeteria, numa espécie de Main Street do vilarejo, uma cama coberta de cetim azul no meio de uma vitrine.

Foi em algum lugar antes de chegar a Providence, mas, por conta dos desvios que fez depois, era incapaz de dizer se ficava há trinta ou oitenta quilômetros. Não tinha se preocupado com as placas de sinalização, naquela hora. O universo não passava de uma interminável highway em que 45 milhões de motoristas passavam a toda velocidade diante das luzes vermelhas e azuis dos bares. “Era a sua noite!”, gritava com convicção.

– Más notícias?

Tinha voltado a sentar em seu lugar e ergueu para a garçonete um olhar de criança perdida. Ela não sorria mais. Sentiu-lhe a compaixão. Murmurou, constrangido por se abrir com uma garota que não conhecia:

– Minha mulher.

– Um acidente?

– Não sei. Estou tentando saber. Ninguém sabe me dizer.

– Onde foi que aconteceu?

– Também não sei. Nem sei o que foi que aconteceu. Saímos ontem de Nova York, ontem à noite, contentes, para ir buscar nossos dois filhos no Maine. Em algum lugar, por algum motivo, minha mulher resolveu tomar o ônibus.

Como estava de cabeça baixa, não percebeu que ela o observava com mais atenção.

– Você a viu entrar no ônibus?

– Não. Eu estava num bar, a quinhentos metros de um cruzamento.

Não tinha mais vergonha. Precisava falar com alguém.

– Não se lembra do nome do lugar?

– Não.

Ela compreendia por que, mas ele não se importava. Teria confessado tudo em público, em plena rua, se lhe perguntassem.

– Já estava em Connecticut?

– Foi antes de chegar em Providence, de qualquer maneira. Acho que vou detestar aquela cidade pelo resto da vida. Passei horas rodando em volta dela.

– Mais ou menos a que horas da noite?

Fez um gesto de impaciência.

– Sua esposa tem cabelos castanhos e está usando uma roupa verde com sapatos de camurça combinando?

Levantou a cabeça tão depressa que sentiu uma pontada na nuca.

– Como é que você sabe?

Atrás do balcão, ela tinha apanhado um jornal local e, ao esticar o braço para apanhá-lo, Steve derrubou a xícara de café que caiu e quebrou.

– Não foi nada.

E, na mesma hora, para tranquilizá-lo:

– Ela não está morta. Se for mesmo dela que estão falando, ela está fora de perigo.

O mais espantoso era que, quinze minutos antes, quando estava na frente da oficina, ele tinha visto a caminhonete que trazia os jornais de Boston, quase pediu um e depois não pensou mais naquilo.

– Na última página – dizia a moça, inclinada para ele. – É onde botam as últimas notícias da noite.

Só havia algumas linhas sob o título:

Desconhecida atacada na estrada.

CAPÍTULO V

Uma mulher jovem, de uns trinta anos, cuja identidade não foi determinada, foi encontrada desmaiada, esta noite, por volta de uma da madrugada, à beira da Route 3, perto do cruzamento de Pennichuck.
O ferimento que ela apresenta na cabeça e o estado de suas roupas permitem supor que ela foi vítima de uma agressão. Transportada para o hospital de Westerly, ela ainda não pôde ser interrogada. Seu estado é satisfatório.
Descrição: 1 metro e 65 de altura, pele clara, cabelos castanhos. O costume verde-claro e os sapatos de camurça de um verde mais intenso são de uma grande loja da 5th Avenue. Sua bolsa não foi encontrada no local.

A mocinha tinha sido obrigada a sair do balcão para atender um casal idoso que acabava de descer de um Cadilac conversível. O homem, que devia ter setenta anos, andava bem ereto. Com a pele bronzeada pela exposição ao ar livre, usava um terno de flanela branca com uma gravata de um azul suave e seus cabelos eram do mesmo branco sedoso que os de sua mulher. Os dois, calmos e sorridentes, comportavam-se na cafeteria como num salão, colocando uma adorável gentileza em seu trato com a garçonete, trocando entre si pequenas delicadezas.

Era fácil imaginá-los numa grande mansão cercada por gramados impecáveis, de onde haviam acabado de sair para ir visitar os netos, e os embrulhos, sobre os bancos de couro vermelho do carro, com certeza continham brinquedos. Continuavam, depois de trinta ou 35 anos de vida em comum, a sorrir um para o outro com encanto, a rivalizar em termos de cuidados mútuos.

Steve, o jornal no colo, não se dava conta de que os observava em detalhes à espera de que a garçonete, que tomava nota do pedido em seu bloco, voltasse até ele. Nada tinha de especial a dizer a ela. Nada tinha para dizer a ninguém, a não ser a Nancy. Precisava apenas que alguém lhe desse atenção, nem que fosse com um olhar amistoso, e sua desculpa para esperar a mocinha era que precisava de dinheiro trocado para telefonar.

Quando ela colocou o bacon para fritar, ele murmurou:

– É minha mulher.

– Achei que fosse.

– Pode me trocar dinheiro outra vez?

Estendeu dois dólares e ela escolheu moedas de dez centavos.

– Tome primeiro o seu café. Quer um quente?

– Obrigado.

Tomou o café, para agradá-la, como um agradecimento, dirigiu-se para a cabine e fechou-se lá dentro.

A telefonista, por sua vez, ainda não sabia do acontecido e exclamou, ao reconhecer-lhe a voz:

– O senhor de novo? Vai acabar sem dinheiro.

– Ligue-me com o hospital de Westerly, em Rhode Island.

– Alguém doente?

– Minha mulher.

– Eu peço desculpas.

– Tudo bem.

Ouviu-a dizer:

– Alô, Providence? Passe-me o hospital de Westerly e ande depressa, menina. É extremamente urgente.

Enquanto esperava, ela se dirigiu outra vez a ele:

– Ela sofreu um acidente? Era ela que o senhor estava procurando no Maine?

– Era.

– Alô, é do hospital? Um momento.

Não tinha uma frase preparada. Era tudo novidade e não sabia como se comportar.

– Eu gostaria de falar com a sra. Hogan, enfermeira. Sra. Nancy Hogan.

Soletrou o nome, que ela repetiu para alguém, acrescentando:

– Você sabe quem é? Não estou encontrando na lista.

– Veja na maternidade.

Interveio:

– Não, senhorita. Minha mulher foi ferida esta noite na estrada e foi transportada para o seu hospital.

– Um momento, deve haver um engano.

Não compreendia por que era tão difícil entrar em contato com Nancy, agora que a tinha encontrado.

– Há sem dúvida um engano – vieram confirmar depois de um longo tempo. – Desde ontem às onze da noite, o hospital está lotado e não aceitou mais ninguém. Chegamos a botar leitos nos corredores.

– O jornal diz...

– Espere. Pode ser que ela tenha recebido os primeiros socorros na enfermaria e que depois tenha sido mandada para outro lugar. Num fim de semana como este, a gente faz o que pode.

Ouviu, do outro lado da linha, com certeza no pátio do hospital, a sirene de uma ambulância.

– Aconselho-o a ligar para New London. Em geral é para lá que mandamos...

Uma voz de homem interpelava a mocinha, que deixou a frase em suspenso. Então, para a telefonista que ouvia tudo, Steve disse:

– Você ouviu?

– Ouvi. Eles estão a mil. Quer que eu ligue para New London?

– Por favor. Vai demorar?

– Acho que não. Quer colocar quarenta centavos no aparelho?

Estava de repente tão exausto que, se tivesse coragem, teria pedido à garçonete para pedir as ligações por ele. Tinha visto passarem ambulâncias, na noite anterior, vislumbrara feridos que esperavam socorro à beira da estrada e não pensara nos parentes que, como ele, deveriam ter se deparado, para conseguir notícias, com dificuldades ridículas.

– Hospital de New London na linha.

Repetiu seu discurso, soletrou o nome duas vezes.

– O senhor sabe se ela está na cirurgia?

– Não sei, senhorita. É minha mulher. Ela foi atacada na estrada.

De repente, ele se deu conta de sua estupidez. Nancy não poderia ter sido registrada com seu nome, se o jornal dizia que ela não havia sido identificada.

– Espere! O nome dela não consta em suas listas.

– Com que nome ela deu entrada?

– Nenhum. Acabei de saber agora pelo jornal o que aconteceu com ela.

– Idade?

– Trinta e quatro anos, mas parece trinta. O jornal diz trinta.

Precisava ligar de novo para Westerly. Tinham procurado por Hogan. É verdade que tinham acrescentado que o hospital não aceitava ninguém depois das onze da noite, mas a recepcionista poderia ter se enganado.

– Sinto muito. Não temos ninguém com esse histórico. Muitas ambulâncias, na noite de ontem, foram desviadas para outros hospitais.

Esperou até ouvir mais uma vez a telefonista.

– Ligue de novo para Westerly.

Ela parecia constrangida por ter que lhe lembrar de colocar as moedas no aparelho. Tomou um gole. Não era por prazer, nem por vício. Sua cabeça começava a girar na cabine sem ar, da qual, por pudor e para não incomodar todo mundo com suas desgraças, não ousava abrir a porta.

O casal de velhos comia devagar, sem parar de conversar, e ele se perguntou o que teriam para dizer um ao outro depois de tanto tempo.

– Desculpe incomodá-la mais uma vez, senhorita, mas acabo de me dar conta de que minha mulher não poderia ter dado entrada com seu sobrenome.

Explicou o caso, esforçando-se por esclarecer tudo. Sua testa brilhava. Sua camisa cheirava a suor. Apareceria na frente de Nancy sem ter ao menos se barbeado?

– Não, senhor. Verifiquei tudo. O senhor tentou New London?

Desligou, desanimado. Foi a garçonete, quando ele lhe contou o resultado de suas buscas, quem sugeriu:

– Por que o senhor não pergunta à polícia?

Restavam-lhe duas notas de um dólar. Teria que pagar a oficina com um cheque. No seu caso, não teriam coragem de recusar.

– Preciso de troco mais uma vez. Estou confuso.

Sentia-se humilde, andava com os ombros curvados, a cabeça caída para a frente.

– Polícia de Pennichuck?

A voz sonora que respondeu encheu a cabine.

– O que deseja?

Explicou mais uma vez. Quantas vezes seriam?

– Sinto muito, meu chapa. O caso não é conosco. Eu estou sozinho aqui. Ouvi falar de alguma coisa desse tipo, mas aconteceu fora da nossa jurisdição. Procure o xerife, ou a polícia estadual. Na minha opinião, deve ser com a polícia estadual. Eles patrulharam a noite toda. O senhor deveria telefonar para o 337, em Limestone.

Não conseguia, desde que tinha entrado em contado com a polícia, deixar de rever o perfil de Sid Halligan, com o cigarro pendurado nos lábios.

– Sei... Sei... Tenho uma vaga ideia... O tenente que cuidou do caso não está aqui... Vai voltar em uma hora... Como? O senhor é o marido?... Repita o seu nome, de qualquer maneira, para eu tomar nota... H de Heitor, O de... olá... O senhor estava no local?... Não?... Não sabe de nada?... Desconfio que ela foi transportada para o hospital de Westerly... Ela não está lá? O senhor tem certeza? Já tentou Lakefield?... Tivemos tanto trabalho na noite de ontem que enfiamos as pessoas por toda parte...

Depois de Lakefield, que não sabia de nada, ele quase desistiu, mas resolveu tentar uma última cartada. Acabavam de lhe falar de mais um hospital, em Hayward, mais ou menos no mesmo setor.

Mal tinha coragem de repetir sua ladainha, que lhe parecia ridícula.

– Foram vocês que, esta noite, receberam uma mulher que foi atacada na estrada?

– Quem fala?

– O marido dela. Li no jornal hoje pela manhã e tenho certeza de que é minha mulher.

– Onde o senhor está?

– Em New Hampshire. Ela está aí?

– Se for a mesma pessoa que foi ferida na testa, está sim.

– Posso falar com ela?

– Sinto muito, só os quartos particulares têm telefone.

– Imagino que ela não esteja em condições de vir até o aparelho...

– Espere. Vou perguntar à enfermeira do andar. Acredito que não.

Encontrara, finalmente! Cerca de trinta quilômetros os separavam, ainda, mas pelo menos sabia onde ela estava. Se estivesse morta, já teriam lhe dito. De qualquer maneira, a recepcionista teria ficado constrangida. O que o decepcionava era saber que ela não estava num quarto particular. Imaginava seis ou sete leitos enfileirados ao longo de uma parede com doentes que gemiam.

– Alô! O senhor ainda está na linha?

– Estou.

– Sua esposa não pode vir até o aparelho e o médico deixou ordens para que ela não fosse perturbada.

– Como ela está?

– Bem, eu acho.

– Ela voltou a si?

– Se quiser esperar um momento, vou lhe passar a enfermeira-chefe, que deseja falar com o senhor.

A nova voz era a de uma mulher já velha, o tom mais seco do que o da recepcionista.

– Disseram-me que o senhor é o marido de nossa acidentada.

– Sim senhora. Como ela está?

– Tão bem quanto possível. O médico examinou-a mais uma vez há uma hora e confirmou que não houve fratura de crânio.

– O ferimento é grave?

– Ela está, principalmente, em choque.

– Ela não voltou a si?

Houve um silêncio, uma hesitação.

– O médico quer que ela repouse e proibiu que a interrogássemos. Antes de sair, ele lhe deu um remédio que a fará dormir por algumas horas. O senhor pode me dar seu nome?

Seria a última vez que ele o soletraria naquele dia?

– Endereço, número de telefone... A polícia, que veio hoje cedo, pediu que tomássemos nota dessas informações se alguém viesse reconhecê-la... O tenente voltará a passar aqui durante a tarde...

– Estou indo para aí. Caso minha mulher desperte, a senhora poderia dizer-lhe que...

Dizer-lhe o quê? Que estava a caminho. Nada mais havia a ser dito.

– Imagino chegar aí dentro de três ou quatro horas. Não sei. Não consultei o mapa.

Adotou um tom de voz quase suplicante para acrescentar:

– Imagino que a senhora não pode lhe dar um quarto particular... É claro, pagarei o que for...

– Meu caro senhor, agradeça o fato de termos conseguido um leito para ela.

Sentiu lágrimas lhe correrem pelo rosto, de repente, sem razão definida, e pronunciou com uma efusão que a nada correspondia:

– Muito obrigado, minha senhora. Cuide bem dela.

Quando voltou para o balcão, a garçonete, sem uma palavra, botou um prato de ovos com bacon na sua frente. Olhou-a surpreso, indeciso.

– O senhor precisa comer.

– Ela está em Hayward.

– Eu sei. Eu ouvi.

Não imaginava ter falado tão alto. Outras pessoas também tinham ouvido, porque o olhavam com uma curiosidade simpática.

– Pergunto-me se devo ir primeiro buscar as crianças.

Comia, surpreso por se ver com o garfo na mão.

– Não. Isso levaria pelo menos três horas e não quero levá-las ao hospital. Não saberia o que fazer com elas.

Tinha que conseguir dinheiro, porque não tinha mais como pagar o café da manhã e iria precisar de gasolina.

– Você não se incomoda que eu volte daqui a alguns minutos para lhe pagar. Preciso descontar um cheque na oficina onde deixei meu carro.

Sentia-se como um aproveitador. Todo mundo era gentil com ele porque sua mulher havia sido atacada na estrada e estava no hospital, falavam com ele com benevolência e, também graças ao acidente de Nancy, ele não hesitava mais em falar do cheque. O homem do charuto, no escritório onde os pneus formavam uma coluna escura, olhava-o com um interesse cada vez maior à medida que ele falava.

– Eu preciso ir de qualquer maneira a Hayward. Perdi minha carteira e estou sem documentos. Mas o senhor encontrará meu nome e meu endereço no carro.

– De quanto precisa?

– Não sei. Vinte dólares? Quarenta?

– O senhor deveria levar um pneu novo e um de reserva.

– Demora muito?

– Dez minutos. Onde o senhor disse que estão os seus filhos?

– Na colônia Walla Walla, no Maine, com o sr. e a sra. Keane.

– Por que não lhes telefona?

Quase disse não, mas compreendeu que o dono da oficina encontrara um meio de conferir de algum modo sua identidade e entrou na cabine cuja porta deixou aberta.

– O senhor mudou de aparelho! – surpreendeu-se a telefonista.

Foi o marido que, desta vez, no acampamento, atendeu.

– Alô. Quem fala é Steve Hogan.

Precisou ouvir tudo o que o velho escoteiro queria lhe contar, aguardando o momento em que poderia interrompê-lo.

– Eu queria lhe dizer, sr. Keane... Minha mulher foi ferida na estrada. Eu a encontrei. Estou de partida para Hayward... Não! Não quero falar com as crianças agora. Não lhes diga nada. Só que iremos buscá-las dentro de um ou dois dias... Isso não os atrapalha muito?... Como?... Não sei... Não sei de nada, sr. Keane... Que eles não desconfiem que a mãe deles está ferida...

Enquanto ele acabava de falar, o homem do charuto tirou três notas da gaveta e as colocou sobre a mesa depois de contá-las.

– Faça o cheque de quarenta dólares – disse ele.

Observava-o com insistência assinar o cheque e Steve perguntava-se, constrangido, se o outro ainda tinha dúvidas quanto à sua honestidade. Só ao chegarem à porta o dono da oficina pôs a mão em seu ombro.

– Conte comigo. Em dez minutos o seu carro estará pronto.

Aqueles dedos, duros como ferramentas, não saíam do ombro de Steve.

– O senhor não estava viajando com sua esposa, na noite de ontem?

Para evitar uma longa explicação, respondeu que não.

– Meu mecânico ficou espantado por encontrar roupas de baixo, femininas, no meio das ferramentas.

Por isso, desde que tinham aberto o porta-malas, eles o observavam com um ar suspeito. O que pensariam? O que imaginariam que ele tivesse feito? Se a polícia tivesse passado por ali nesse meio-tempo, não teriam falado disso?

– São roupas da minha mulher – murmurou, sem encontrar outra explicação.

Os carros na estrada eram cada vez mais numerosos e a eles se juntavam, agora, carros de Nova York. Era a segunda leva. A das pessoas que não gostam de viajar à noite e que saem cedo no sábado pela manhã. Haveria uma terceira leva, dos vendedores e vendedoras de lojas que ainda trabalhavam naquela manhã e cujo fim de semana só começava ao meio-dia de sábado. *Quarenta e cinco milhões de motoristas...*

A garçonete que o tomara sob sua proteção fez uma observação infeliz no momento em que ele saía, agradecendo.

– Não dirija depressa demais. Tome cuidado – recomendou ela. – E venha me dar bom-dia com sua esposa quando forem buscar as crianças.

De repente, por causa da recomendação, do estado de exaustão em que se encontrava, a estrada, com o barulho lancinante de milhares de pneus sobre o asfalto, lhe dava medo. Instalou-se ao volante, precisou esperar por muito tempo até que um espaço no cortejo lhe permitisse manobrar e se colocar na fila que descia em direção a Boston.

O banco estava vazio, a seu lado. Em geral, era o lugar de Nancy. Era raro dirigir sem que ela estivesse ali. Ao contrário do casal de idade do Cadilac, falavam pouco. Revia o gesto de sua mulher para girar o botão do rádio assim que tivessem percorrido alguns quilômetros. Os domingos de primavera e de outono, quando iam fazer um passeio, as crianças atrás, poucas vezes sentadas, preferindo se debruçar sobre os assentos da frente. Era sua filha que ficava atrás dele e ele sentia sua respiração na nuca. Ela falava até perder o fôlego, a propósito de tudo e de nada, dos carros que passavam e da paisagem, afirmativa, segura de si, dando de ombros com condescendência quando o irmão se permitia dar uma opinião.

– Tomara que as férias cheguem logo! – acontecia que suspirassem, Nancy e eles, quando voltavam de uma dessas excursões.

E, quando o verão chegava, não aproveitavam sua solidão.

Parecia tão estranho estar sozinho que sentia vergonha. Olhando o banco vazio, lembrou-se de Halligan que o ocupara uma parte da noite e seus dedos voltaram a tremer de impaciência. Precisava de um gole de álcool se quisesse dirigir pelo menos decentemente. Até mesmo para sua segurança, era melhor. Estava tão febril que tinha um medo permanente de dar uma guinada com o volante, o que o faria colidir com os carros de outra fila.

Esperou até que ninguém pudesse vê-lo e levou o gargalo da garrafa à boca. Até Nancy teria compreendido e aprovado. Pela manhã, depois da noite em que precisou tirar-lhe a roupa e colocá-lo na cama, foi ela quem, enquanto ele estava no banheiro, parecendo mais um fantasma do que um homem, lhe trouxe um copo de bebida.

– Depois de tomar isso você vai se sentir mais firme.

Jurou a si mesmo não entrar em bar algum, acontecesse o que acontecesse, de não parar para comprar outra garrafa.

Apesar de sua pressa em chegar, não deixava o velocímetro passar de oitenta e parava assim que um sinal ficava amarelo. Tinha medo de se confundir nas ruas de Boston, por onde era em geral sua mulher quem o guiava, mas atravessou a cidade como por milagre e se viu na estrada certa, pela qual tinha passado, sem saber, na noite anterior.

Era impossível evitar Providence. Surpreendeu-se ao ver uma cidade clara e alegre. Não precisava, então, retomar o caminho da véspera, nem rever os bares nos quais tinha parado, pois descia em linha reta para a entrada da baía.

Será que o tenente ao qual a enfermeira-chefe se referiu iria interrogá-lo? Será que lhe pediriam contas do que havia feito durante a noite? Seria preciso, de qualquer modo, que dissesse por que não estava com sua mulher na hora em que ela foi assaltada. O mais simples seria confessar a verdade, pelo menos em parte, e falar de sua briga. Existem casais em que não estoure nunca uma briga desse tipo? Existem muitos homens a quem não aconteça beber um copo a mais?

O mais extraordinário é que, quando Nancy saiu do carro, ele não estava bêbado. Em suas próprias palavras, talvez estivesse no túnel, tinha bebido só o suficiente para ficar impaciente com Nancy, mas, se ela não tivesse ido embora, era provável que nada tivesse acontecido. Teriam batido boca durante toda a viagem. Ele se queixaria de que ela não o trata como homem, talvez a tivesse acusado, como é comum nesses casos, de preferir o escritório de Schwartz & Taylor à sua casa.

Era injusto. Se ela não tivesse voltado a trabalhar depois do nascimento das crianças, eles não teriam podido comprar aquela casa, mesmo pagando em doze anos. Também não teriam comprado um carro. Teriam sido obrigados a se mudar para um subúrbio, porque não poderiam continuar a viver indefinidamente num apartamento de quarto e sala como fizeram nos primeiros tempos.

Tudo isso ela respondia com voz calma, um pouco mais sem vida do que de costume, com um certo fremir das narinas que só tinha quando dizia alguma coisa desagradável.

Era de qualquer modo verdade que ela era feliz em seu escritório, onde era uma pessoa importante e onde a tratavam com consideração. Por exemplo, quando Steve telefonava, a telefonista respondia, invariavelmente:

"Um momento, sr. Hogan, vou verificar se a sra. Hogan pode atender."

Podia acontecer que acrescentasse, depois de ter apertado seus botões:

"O senhor poderia voltar a telefonar um pouco mais tarde? A sra. Hogan está em reunião."

Com o sr. Schwartz, sem dúvida. Talvez ele não tentasse seduzi-la. Tinha uma das mais belas mulheres de Nova York, uma ex-modelo cujo nome estava todas as semanas nas colunas dos jornais. Apesar do cuidado exagerado que Schwartz dedicava à sua aparência, Steve, que o encontrara diversas vezes, achava-o repugnante.

Estava convencido de que nada havia entre eles. O que não impedia que se sentisse esbofeteado a cada vez que Nancy dizia:

"Max me disse ainda agora que..."

Se o assunto fosse teatro, ela era decisiva:

"A peça não vale um tostão. Max foi assistir ontem."

Será que iria começar outra vez a se queixar? Estava se esquecendo de que Nancy estava ferida numa cama de hospital? Não tinha tido coragem de perguntar à enfermeira em que lugar da cabeça ela havia sido atingida, nem, principalmente, se estava desfigurada.

Com a esperança de evitar pensar, ligou o rádio, não prestou atenção, levou um bom tempo antes de dizer a si mesmo que talvez fosse indecente ouvir música enquanto se dirigia para a cabeceira da cama de sua mulher. Sentia-se mal por ter deixado as crianças no acampamento. Não tinha ideia de quando poderia ir buscá-las. Os Keane fechavam a colônia de férias no inverno, que passavam na Flórida. Dizia-se que eram ricos e talvez fosse verdade.

A primeira placa indicando Hayward devolveu-lhe o estado febril. Só tinha uns 25 quilômetros a percorrer, numa estrada atulhada de veículos que iam embarcar na balsa para as ilhas. Aproveitou uma parada, debruçou-se sobre o painel e esvaziou a garrafa, que atirou na vala.

Seria o caso de, mais tarde, cuidar de sua barba e comprar uma camisa limpa. Um relógio, no momento em que ele chegava à cidade, marcava meio-dia, e ele levou algum tempo para conseguir escapar da fila de carros que o empurrava para a balsa.

– O hospital, por favor?

Indicaram-lhe o caminho, mas precisou se informar uma segunda vez. Era um prédio de tijolos rosados, quadrado, com dois andares de janelas atrás das quais se viam os leitos. Cinco carros, no pátio, ostentavam a placa especial dos médicos e havia gente ocupada em tirar com cuidado uma maca de uma ambulância.

Encontrou a entrada dos doentes e visitantes e debruçou-se no guichê.

– Steve Hogan – identificou-se. – Fui eu quem telefonou ainda agora de New Hampshire, a respeito de minha mulher.

Elas eram duas, vestidas de branco: uma estava ao telefone e o olhava com curiosidade; a outra, gorducha e ruiva, murmurou:

– Não acredito que o senhor possa subir agora. As visitas são às duas e às sete horas.

– Mas...

Será que, num caso como o dele, alguém se preocupa com horários de visita?

– A enfermeira-chefe me disse...

– Um momento. Queira sentar.

Seis pessoas estavam sentadas na sala de espera, entre as quais duas meninas negras que usavam seu melhor vestido e não se mexiam. Ninguém lhe dava atenção. Ouvia vozes vindas do guichê. Procuravam por todos os andares um médico cujo nome não compreendeu e, quando o tiveram na linha, pediram-lhe que descesse imediatamente à sala de emergências, com certeza para a pessoa que a ambulância acabava de trazer.

Tudo era tão branco, tão claro, tão limpo quanto na cafeteria, com o sol que entrava por todas as janelas, flores num canto, talvez dez buquês e cestas, que esperavam ser levadas para os quartos.

As duas meninas negras, com as boinas no colo, tinham a mesma expressão que deviam assumir na igreja. Uma mulher de certa idade, perto delas, olhava fixamente pela janela, um homem lia uma revista com tanta calma como se tivesse horas e horas de espera, e outro acendia um cigarro e olhava as horas em seu relógio de pulso.

Steve espantava-se por estar mais calmo do que quinze minutos antes, no carro. Todos estavam calmos ao seu redor. Um velho, vestido com a roupa branca dos doentes, o corpo torcido num pequeno carrinho munido de rodas de borracha que ele manobrava com as mãos magras, percorreu todo o comprimento do corredor para ir observá-los. Quando os examinou um a um, deu meia-volta na cadeira de rodas e voltou para seu quarto.

Seria de Steve que, desta vez, falavam ao telefone? Não tinha coragem de perguntar, sentindo que qualquer coisa que dissesse de nada serviria.

– A senhora vai descer? Não? Digo a ele para subir?

A enfermeira que falava lançou-lhe um olhar através do vidro e, respondendo a uma pergunta:

– É difícil dizer... Mais ou menos...

Em que ele seria mais ou menos? Aquilo queria dizer que ele não parecia nervoso demais e que poderiam deixá-lo subir?

A mocinha desligou, fez-lhe um sinal para que se aproximasse do guichê.

– Se o senhor quiser subir ao primeiro andar, a enfermeira-chefe vai recebê-lo.

– Obrigado.

– Vire à direita no final do corredor. Espere o elevador.

Por todo o percurso, viu portas abertas, homens e mulheres deitados ou sentados nas camas, alguns instalados numa poltrona, outros com uma perna engessada e mantida em posição por uma roldana.

Ninguém parecia sofrer, nem dava mostras de contrariedade ou impaciência. Quase deu de encontro com uma moça que só usava uma camisola de pano grosso sobre o corpo e que saía do banheiro.

Dirigiu-se a uma enfermeira que passava:

– Desculpe, senhorita... O elevador, por favor?...

– Segunda porta. Não vai demorar a descer.

Realmente, uma lâmpada vermelha, que não tinha percebido, acendeu. Um médico, de jaleco, touca na cabeça, máscara branca pendurada sobre o peito, também olhou para Steve, ao passar por ele.

– Primeiro andar.

O velho de cabelos brancos que manobrava o elevador tinha um ar ainda mais indiferente do que os outros e, à medida que seguia hospital adentro, Steve perdia cada vez mais a personalidade, a faculdade de pensar e reagir. Estava bem perto de Nancy, sob o mesmo teto que ela. Em alguns instantes, talvez a visse e mal pensava nela, o vazio se instalara insensivelmente dentro dele, apenas seguia as instruções que lhe quisessem dar.

Os corredores do primeiro andar formavam uma cruz e, no centro, viu um longo balcão, uma enfermeira de cabelos grisalhos e óculos sentada diante de um livro de registros – na parede, à sua frente, um quadro e fichas –, perto do livro, afinal, frascos tampados com algodão, num suporte cheio de furos.

– Sr. Hogan? – perguntou, depois de tê-lo deixado algum tempo de pé diante dela sem erguer os olhos de seus papéis.

– Sim, senhora. Como está...

– Sente-se.

Ela mesma se levantou, se dirigiu a um dos corredores, e ele teve, por um instante, a ilusão de que iria buscar Nancy, mas ela tinha ido ver outra doente e voltou um pouco depois com um frasco que tinha uma etiqueta e que deslizou para dentro de um dos buracos.

– Sua esposa não está acordada. É provável que ela durma ainda por algum tempo.

Por que achava que deveria concordar com a cabeça e sorrir com ar agradecido?

– O senhor pode esperar lá embaixo se desejar e eu o chamarei quando for possível vê-la.

– Ela sofreu muito?

– Acredito que não. Desde que a encontramos, fizemos tudo o que foi preciso. Ela parece ter uma constituição bem sólida.

– Ela nunca ficou doente de verdade.

– Ela teve filhos, não é?

A pergunta o surpreendeu, pelo modo como foi feita, mas ele respondeu, como um aluno no colégio:

– Dois.

– Recentemente?

– Nossa filha tem dez anos e o menino oito.

– Nenhum falso alarme?

– Não.

Sequer ousava falar. Que pergunta, aliás, poderia fazer?

– O senhor passou com ela o dia de ontem?

– O dia, não. Trabalhamos em Nova York, cada um num lugar.

– Mas esteve com ela à noite?

– Fizemos uma parte do caminho juntos.

– Quando estiver com ela, lembre-se de que ela sofreu uma grande comoção. Ainda estará sob o efeito dos sedativos. Evite ficar nervoso e falar a respeito de qualquer assunto que possa agitá-la.

– Prometo. Ela...?

– Ela?

– Eu queria perguntar se ela voltou a si.

– Parcialmente, duas vezes.

– Ela falou?

– Ainda não. Achei que lhe tivesse dito ao telefone.

– Peço desculpas.

– Agora, o senhor vai descer. Acabo de mandar telefonar ao tenente Murray para dizer que o senhor está aqui. Ele com certeza virá vê-lo.

Ela se levantou e ele foi obrigado a fazer o mesmo.

– O senhor pode ir pela escada. Por aqui.

Todas as portas, como embaixo, estavam abertas, a da enfermaria onde Nancy estava também, era provável. Gostaria de pedir permissão para vê-la um instante, nem que fosse só dar uma olhada em seu leito, ali do corredor.

Não teve coragem, empurrou a porta de vidro que lhe apontavam, viu-se numa escada sendo limpa por uma faxineira. No andar de baixo, perdeu-se, conseguiu encontrar a sala de espera de onde as duas meninas negras tinham desaparecido.

Dirigiu-se primeiro ao guichê para avisar:

– Disseram-me para esperar aqui.

– Eu sei. O tenente chegará em alguns minutos.

Sentou-se. Era o único naquele lugar a usar uma camisa suja e amassada e a não estar barbeado. Lamentava não ter se lavado antes de entrar no hospital onde, agora, não era mais senhor de seus atos e gestos. Poderia ter comprado um aparelho de barba, sabão, uma escova de dente, entrado num terminal de ônibus, por exemplo, onde há banheiros à disposição dos viajantes.

O que pensaria dele o tenente Murray ao encontrá-lo naquele estado?

Teve, ainda assim, a audácia de acender um cigarro, porque alguém mais estava fumando, e depois de ir beber água no bebedouro. Esforçava-se para prever as perguntas que lhe iriam fazer e preparar as respostas adequadas, mas seu espírito continuava a vagar e ele olhava fixo, como a mulher ali perto, a janela que dava para uma árvore, que se recortava de encontro ao azul do céu e cuja imobilidade, no ar parado de meio-dia, dava uma impressão de eternidade.

Era preciso se concentrar para se conscientizar do que estava fazendo ali, do que acontecera desde a véspera e até mesmo de sua própria personalidade. Seria possível que tivesse dois filhos – dos quais uma menina já grande – numa colônia de férias do Maine, uma casa de 15 mil dólares em Long Island e que, na terça-feira pela manhã – depois de amanhã –, fosse se instalar atrás do balcão da World Travellers para passar horas respondendo às perguntas dos clientes ao mesmo tempo em que manejava dois ou três telefones?

Visto dali, parecia inacreditável, absurdo. Como para tornar a atmosfera ainda mais irreal, um apito de navio rasgava o silêncio, bem perto, e, olhando pela outra janela, ele descobriu uma chaminé preta com uma listra vermelha, acima dos telhados, e distinguiu com clareza o jato de vapor branco.

Um navio partia, naquele mesmo mar que vislumbrara pela manhã por entre os pinheiros de New Hampshire, o mesmo mar, também, às margens do qual Bonnie e Dan brincavam agora, perguntando-se por que seus pais não iam buscá-los.

A enfermeira-chefe não parecia preocupada com o estado de Nancy. Estaria, se sua mulher estivesse à beira da morte? Quantas pessoas morriam por semana no hospital? Falariam a respeito? Diriam: "A senhora do leito 7 morreu esta noite"?

Deviam retirá-las por uma outra porta, e os doentes nem sabiam. O velho, em sua cadeira de rodas, deu uma voltinha para ver se havia novos rostos e se mostrou decepcionado por não encontrá-los.

Um carro parou no cascalho da aleia. Steve não se levantou para ir ver. Não tinha coragem. Estava com sono e suas pálpebras ardiam. Ouviu passos, teve a certeza de que aquilo era com ele, continuou sentado onde estava.

Um tenente de uniforme da polícia estadual, botas reluzentes, pele do rosto tão lisa e colorida quanto a do velhinho do Cadilac, entrou a passos rápidos, debruçou-se no guichê atrás do qual a recepcionista contentou-se em apontá-lo com o dedo.

CAPÍTULO VI

Não tinha percebido, quando subiu para ver a enfermeira, que a primeira porta à esquerda no corredor trazia a placa *Diretor*. Estava aberta como as outras e um homem calvo, sem paletó, trabalhava lá dentro. O tenente se dirigiu a ele, com familiaridade:

– Posso usar um pouco a sala de reuniões?

O diretor reconheceu a voz e, sem se virar, contentou-se a fazer que sim com a cabeça. Era a sala seguinte, na qual reinava uma penumbra dourada porque as persianas, abaixadas, só deixavam passar, entre suas lâminas, finos traços de luz. Das paredes de tom pastel pendiam fotografias de senhores idosos e solenes, com certeza os fundadores do hospital. Uma mesa comprida, tão polida que refletia quem se aproximasse, ocupava o centro, cercada por dez cadeiras forradas de couro claro.

Ali também a porta estava aberta, dando para o corredor por onde às vezes passava uma enfermeira ou um doente. O tenente sentou-se à cabeceira da mesa, de costas para a janela, tirou uma caderneta do bolso, abriu-a numa página em branco e fez sair o grafite de sua lapiseira.

– Sente-se.

Na sala de espera, mal olhara para Steve, a quem se contentou em fazer um gesto para que o seguisse; agora, também não demonstrava curiosidade. Escreveu algumas palavras, com letra pequena, no alto da página, olhou a hora em seu pulso e anotou-a como se aquilo fosse importante.

Era um homem de uns quarenta anos, corpo de atleta, com uma ligeira tendência a engordar. Quando tirou o chapéu de aba dura e colocou-o sobre a mesa, Steve achou-o mais jovem, menos impressionante, por conta dos cabelos curtos, de um loiro arruivado, tão crespos quanto o pelo de um cordeiro.

– Sr. Hogan, não é?

– Isso. Stephen Walter Hogan. Todos me chamam de Steve.

– Local de nascimento?

– Groveton, Vermont. Meu pai era representante de produtos químicos.

Era ridículo acrescentar aquilo. Fazia isso porque, todas as vezes que dizia ser de Vermont, as pessoas murmuravam:

– Fazendeiro, não é?

Ora, seu pai não era fazendeiro, nem seu avô, que tinha sido tenente-governador.* O pai de Nancy, esse sim, era fazendeiro no Kansas e descendia de imigrantes irlandeses.

– Endereço? – continuou o policial com voz neutra, a cabeça sempre abaixada na direção da caderneta.

– Scottville, Long Island.

A janela estava aberta e um pouco de ar circulava na sala em que os dois homens só ocupavam uma porção ínfima da mesa monumental, ao redor da qual oito cadeiras continuavam desocupadas. Apesar do frescor da corrente de ar, Steve teria preferido que a porta estivesse fechada,

* Representante da coroa britânica nomeado em cada província do Canadá. (N.T.)

mas não seria ele quem faria essa proposta, acompanhar as idas e vindas do corredor tiravam-lhe a concentração.

– Idade?

– Trinta e dois anos. Trinta e três em dezembro.

– Profissão?

– Funcionário da World Travellers, Madison Avenue.

– Há quanto tempo?

– Doze anos.

Não via a utilidade de ele registrar essas informações na caderneta.

– Começou a trabalhar lá com dezenove anos?

– Foi. Logo depois do meu segundo ano de faculdade.

– Imagino que tenha certeza de que é realmente a sua esposa quem foi atacada. Já a viu?

– Ainda não me deixaram vê-la. Mas mesmo assim tenho certeza de que é ela.

– Por causa da descrição publicada nos jornais e das roupas?

– E também pelo local onde aconteceu.

– O senhor estava lá?

Dessa vez ele levantou a cabeça, mas o olhar que pousou em Steve, como se fosse por acaso, por engano, continuava indiferente. Nem por isso Steve deixou de enrubescer, hesitou, engoliu a saliva antes de balbuciar.

– O caso é que eu tinha saído do carro por um instante na frente de um bar e que...

Foi interrompido por um gesto.

– Acho que seria melhor se começássemos pelo começo. Há quanto tempo está casado?

– Onze anos.

– Idade da sua esposa?

– Trinta e quatro anos.

– Ela também trabalha?

– Para a firma Schwartz & Taylor, número 625 da 5th Avenue.

Tomava cuidado para responder corretamente, abandonando pouco a pouco a ideia de que aquelas perguntas não eram importantes. O tenente não era tão mais velho do que ele. Usava uma aliança, era provável que tivesse filhos. Até onde sabia, deveriam ter mais ou menos a mesma renda, o mesmo tipo de casa e de vida familiar. Por que não se sentia mais à vontade diante dele? Há alguns instantes voltara a sentir sua timidez de estudante diante dos professores, a mesma que durante muito tempo tivera na presença de seu patrão e que nunca tinha perdido em relação ao sr. Schwartz.

– Filhos?

– Dois, um menino e uma menina.

Não esperou pela pergunta seguinte.

– A menina tem dez anos, o menino oito. Os dois passaram o verão na colônia Walla Walla, no Maine, com o sr. e a sra. Keane, e nós estávamos a caminho de lá, ontem à noite, para buscá-los.

Teria apreciado um sorriso, um gesto de encorajamento. O tenente contentava-se em escrever, e Steve não sabia o que ele escrevia, em vão tentava ler de lado. O outro não era um homem desagradável, nem agressivo ou ameaçador. Era bem provável que também estivesse cansado, pois tinha passado a noite em patrulha e ainda não se deitara. Pelo menos, tinha podido tomar um banho e se barbear!

– A que horas saíram de Nova York?

– Às cinco e pouco, digamos às 17h20, no máximo.

– O senhor foi apanhar sua esposa no trabalho dela?

– Nós nos encontramos, como sempre, num bar da 45th Street.

– O senhor bebeu o quê?

– Um martíni. Passamos depois em casa para comer um pouco e pegar nossas coisas.

– O senhor bebeu de novo?

– Não.

Hesitou em mentir. Foi obrigado, para se tranquilizar, a dizer a si mesmo que não estava testemunhando sob juramento. Não compreendia porque estava sendo interrogado tão minuciosamente, se estava ali para reconhecer sua mulher que tinha sido assaltada na estrada.

Seu embaraço aumentou ao ver surgir no enquadramento da porta o velho da cadeira de rodas que o olhava e que, com seu lábio pendurado e seu rosto paralisado, parecia rir em silêncio.

O tenente, por sua vez, não se importou.

– Vocês, sem dúvida, trouxeram roupas para dois dias? É isso que chama de suas coisas?

– É.

Sua conversa mal começava e uma pergunta tão simples na aparência já o deixava numa posição delicada.

– A que horas saíram de Long Island?

– Umas sete, ou sete e meia da noite. No começo, tivemos que ir muito devagar, por causa do engarrafamento...

– Em que termos está sua relação com sua esposa?

– Em excelentes termos.

Não teve coragem de responder, por causa da caderneta onde pareciam ser registradas as suas respostas: “Nós nos amamos”. Mas era a verdade.

– Onde pararam pela primeira vez?

Nem mesmo tentou se defender:

– Não sei direito. Foi quase logo depois do Merritt Parkway. Não me lembro do nome do lugar.

– Sua esposa também desceu?

– Ela ficou no carro.

Com exceção de Sid Halligan, nada tinha a esconder, e o que se passou com Sid não teve nada a ver com sua mulher, já que o tinha encontrado muito tempo depois da agressão.

– O que o senhor bebeu?

– Um uísque.

– Só?

– Só.

– Duplo?

– Foi.

– Em que momento vocês começaram a discutir?

– Aquilo, na verdade, não foi exatamente uma discussão. Eu sabia que Nancy não tinha gostado que eu parasse para tomar um trago.

Tudo estava tão calmo e silencioso ao seu redor que eles pareciam viver num mundo irreal onde nada mais tinha importância além dos fatos e gestos de um tal de Steve Hogan. A sala de reuniões, com sua mesa comprida, tornava-se um estranho tribunal onde não haveria acusador, nem juiz, só um funcionário que registrava suas palavras e sete senhores mortos há muito tempo, nas paredes, que representavam a eternidade.

Não se revoltava. Nem por um instante esteve tentado a se levantar e declarar que tudo aquilo não interessava a ninguém, que era um cidadão livre e que era ele quem deveria pedir contas à polícia por ter deixado um desconhecido atacar sua mulher na estrada.

Pelo contrário, esforçava-se para se explicar.

– Nessas horas, fico facilmente de mau humor, eu também, e tenho tendência a censurá-la. Acredito que a mesma coisa aconteça com todos os casais.

Murray não sorria, não aprovava, continuava a escrever, indiferente, como se não tivesse o direito de emitir uma opinião.

Uma enfermeira, que Steve ainda não tinha visto, parou diante da porta, bateu no batente para chamar-lhes a atenção.

– O senhor virá logo ver o ferido, tenente?

– Como ele está?

– Estão fazendo uma transfusão. Ele recuperou a consciência e acha que pode descrever o carro que o fez capotar.

– Peça ao sargento, que está na minha viatura, para anotar o depoimento dele e tomar as providências necessárias. Irei vê-lo daqui a pouco.

Retomou o fio do interrogatório.

– Nesse bar em que o senhor parou.

– Qual deles?

Tinha falado depressa demais, mas isso não deveria ter muita importância, porque chegariam lá de qualquer maneira.

– O primeiro. Por acaso não travou conhecimento com um de seus vizinhos de balcão?

– Nesse, não.

Sentia-se humilhado de antemão, pelo que fatalmente viria a seguir. Todos os seus passos, que pareciam tão banais e inocentes na véspera, quando talvez houvesse um milhão ou dois de americanos bebendo ao longo das estradas, assumiam agora um aspecto diferente, mesmo a seus próprios olhos. E passou a mão no rosto como se a barba que o invadia fosse um sinal de sua culpa.

– Sua esposa ameaçou deixá-lo?

Não compreendeu de imediato o alcance daquela pergunta. Será que o tenente se dava conta de que ele não tinha dormido e de que estava atingindo um grau de cansaço em que precisava fazer um grande esforço para compreender o sentido das palavras?

– Só quando eu quis parar pela segunda vez – disse.

– Ela já tinha feito essa ameaça antes?

– Não me lembro.

– Ela falou em divórcio?

Olhou para seu interlocutor com uma raiva repentina, franziu as sobrancelhas, bateu com o punho na mesa.

– Mas nunca se tratou disso! O que o senhor está inventando agora? Eu tomei uma dose a mais. Estava com vontade de tomar outra. Trocamos algumas frases mais ou menos ásperas. Minha mulher me avisou que, se eu descesse mais uma vez do carro para entrar num bar, ela continuaria a viagem sem mim...

Sua raiva se transformava pouco a pouco num espanto doloroso.

– O senhor realmente achou que ela queria me deixar para sempre? Mas então...

Aquilo lhe abria tantos horizontes que não havia palavras para expressar o que sentia. Era pior do que tudo o que tinha imaginado. Se o tenente anotava com tanto cuidado suas respostas, sem ter por ele a consideração que se tem por qualquer marido cuja mulher acaba de ser gravemente ferida, era porque imaginava que tinha sido ele que...

Esqueceu-se da porta aberta, elevou a voz, embora sem indignação, esmagado demais pela surpresa para conseguir se indignar.

– O senhor realmente pensou nisso! Mas, tenente, olhe para mim, por favor, olhe-me bem de frente e me diga se eu tenho cara de...

Pois ele tinha, exatamente, cara de qualquer coisa, inclusive do que pensava, com os olhos como se fossem líquidos, as pálpebras inchadas, a barba de dois dias e a camisa suja. Seu hálito exalava uísque, seus dedos, se não os apoiava na mesa, começavam a tremer.

– Interrogue Nancy. Ela lhe dirá que nunca...

Precisou se interromper para repetir, porque aquilo o sufocava:

– O senhor pensou nisso!

Em seguida, deixou-se cair na cadeira, resignado, sem mais energia ou forças para se defender. Que fizessem com ele o que bem entendessem! Dali a pouco, aliás, Nancy lhes diria...

E eis que outro pensamento, pavoroso, o invadia, crescia, eclipsava os outros. E se ela não voltasse a si?

Quase alucinado, olhava para o tenente que ajustava sua lapiseira e dizia com ar solene:

– Por uma razão que conhecerá daqui a pouco, nós sabemos, desde as dez horas da manhã, que o senhor não atacou sua esposa.

– E antes das dez?

– Nossa obrigação é examinar todas as possibilidades sem descartar nenhuma *a priori*. Acalme-se, sr. Hogan, nunca foi minha intenção perturbá-lo com perguntas insidiosas. É o senhor mesmo quem tira conclusões absolutamente pessoais. O que não impede que pudesse ser possível, se discussões como a da noite de ontem fossem frequentes, que sua esposa tivesse pensado em divórcio. Foi tudo o que eu quis dizer.

– Isso só acontece conosco uma vez por ano. Eu não sou um bêbado, nem mesmo o que se chama de um apreciador. Eu...

Desta vez, porque uma criança parou na soleira da porta e ficou ouvindo, o tenente foi fechá-la. Quando voltou, Steve, que pensava no que poderia ter acontecido às dez horas daquela manhã, perguntou:

– Prenderam o agressor?

– Voltaremos a isso num instante. Por que, quando pararam diante do segundo bar, sua esposa não continuou a viagem de automóvel, como havia ameaçado fazer?

– Porque tirei a chave de ignição e botei no bolso.

Será que afinal compreenderiam que tudo era simples?

– Pensei em lhe dar uma lição, convencido de que ela merecia, porque muitas vezes ela é confiante demais. Depois de duas doses, ainda por cima de uísque, que não me cai bem, a gente vê as coisas sob um novo ângulo.

Argumentava sem convicção, não acreditando mais no que dizia. O que lhe perguntariam ainda? Tinha imaginado que o único ponto embaraçoso seria Halligan e, até agora, não tinham falado nele.

– O senhor sabe que horas eram quando o senhor saiu do carro?

– Não. O relógio do painel não funciona mais, há muito tempo.

– Sua mulher não declarou que iria embora de qualquer maneira?

Precisou fazer um esforço. Não sabia mais em que pé estava.

– Não. Acho que não.

– Não tem certeza?

– Não. Espere. Me parece que, se ela tivesse me falado do ônibus, eu teria achado que ela seria bem capaz de tomá-lo e não a teria deixado fazer isso. Tenho certeza, agora. Foi só quando reparei, mais tarde, nas luzes do cruzamento, que pensei na possibilidade do ônibus. Ah! Lembro-me que, quando não a encontrei no carro, comecei a chamá-la na escuridão do estacionamento.

Não se lembrava do bilhete que Nancy tinha deixado sobre o banco.

– O senhor prestou atenção nos outros carros?

– Um instante.

Queria demonstrar boa vontade, ajudar a polícia na medida do possível.

– Acho que havia principalmente uns carrões velhos e caminhonetes. A menos que não tenha sido nesse bar.

– O bar se chama Armando's?

– Pode ser. Esse nome me diz alguma coisa.

– Poderia reconhecê-lo?

– É provável. Havia uma televisão à direita do balcão.

Preferiu não falar da menina com a barra de chocolate no armário embutido.

– Continue.

– Havia muita gente, homens e mulheres. Lembro-me de um casal que ficava parado e não dizia nada.

– Não reparou em ninguém especial?

– ...Não.

– Falou com alguém?

– Um vizinho me ofereceu uma dose. Eu ia recusar quando o dono do lugar me fez sinal para aceitar, sem dúvida porque o homem, que já estava bem alto, teria insistido e, talvez, provocado um escândalo. O senhor sabe como são essas coisas.

– O senhor retribuiu a gentileza?

– Acho que sim. É. É provável.

– Falou com ele a respeito de sua esposa?

– Não é impossível. Mais exatamente das mulheres em geral.

– Não lhe contou a história da chave?

Estava exausto. Não sabia mais. Com toda a boa vontade do mundo, começava a embaralhar tudo, confundindo sua conversa com o loiro dos olhos azuis e seus discursos para Halligan. Até mesmo os bares se superpunham em suas lembranças. Estava com dor de cabeça, dor nos supercílios. Sua camisa se colava à pele e ele tinha consciência de que cheirava mal.

– Não reparou se esse homem saiu antes do senhor?

– Tenho certeza de que não. Eu saí primeiro.

– Não tem dúvidas?

Chegaria ao ponto de não ter mais certeza de coisa alguma.

– Poderia jurar que eu saí primeiro. Lembro-me de estar pagando, de andar até a porta. Olhei para trás. É. Ele ainda estava lá.

– E sua mulher, não estava mais no carro?

– Isso mesmo.

Bateram à porta. Era um sargento uniformizado, que deu a entender a seu chefe que gostaria de falar com ele. Só uma de suas mãos era visível, como se a outra segurasse alguma coisa que ele não queria mostrar a Steve.

O tenente levantou-se para ir ao seu encontro e eles trocaram algumas palavras em voz baixa, atrás da porta.

Quando Murray voltou, sozinho, jogou sobre a mesa um punhado de roupas e de lingerie, sem nada dizer, as coisas de Nancy que tinham sido encontradas no porta-malas do carro.

Desconfiavam dele, então, de alguma coisa, já que tinham revistado o carro parado no pátio do hospital.

O policial retomou seu lugar na cabeceira da mesa, evitando qualquer referência ao que acabava de acontecer.

– Estávamos – disse ele com a mesma indiferença – no momento em que o senhor saía do Armando's e constatava que sua esposa havia desaparecido.

– Chamei por ela, achando que ela estava andando por ali para esticar as pernas.

– Chovia?

– Não... Sim...

– Não viu ninguém nas proximidades do estacionamento?

– Ninguém.

– O senhor partiu em seguida?

– Quando constatei que havia um cruzamento não muito longe dali e me lembrei da ameaça de Nancy, pensei no ônibus. Tínhamos passado por um *Greyhound* no começo da noite. Foi o que, com certeza, me fez pensar nisso. Dirigi devagar, olhando para o lado direito da estrada, achando que a alcançaria.

– Não a viu?

– Não vi nada.

– Quanto tempo o senhor ficou no Armando's?

– Tive a impressão de ficar dez minutos, quinze, no máximo.

– Mas poderia ter sido mais?

Deu um sorriso melancólico ao seu torturador.

– Do jeito que estou... – murmurou com amargura.

Mal conseguia se lembrar que tinha encontrado Nancy, que ela estava a dois passos dele, que não tardaria a vê-la, a falar com ela, talvez apertá-la em seus braços. Será mesmo que o deixariam fazer isso?

O mais curioso era que não estava com raiva deles e que não se revoltava mais, que se sentia realmente culpado.

Por uma cruel ironia, era agora que lhe voltavam os fragmentos do discurso que tinha feito a Sid Halligan com voz pastosa. Começara com os trilhos, é claro, com os trilhos e a estrada principal, e tinha chegado às pessoas que têm medo da vida porque não são homens de verdade.

"Daí, você sabe, eles criam regras, que eles chamam de leis, e chamam de pecado tudo o que lhes mete medo nos outros. Eis a verdade, meu camarada! Se eles não tremessem, se fossem homens de verdade, não precisariam de polícia nem de tribunais, de pastores e de igrejas, não precisariam de bancos, de seguros de vida, de escolas dominicais e de sinais verdes e vermelhos nas esquinas das ruas. Por acaso um cara como você não zomba de tudo isso? E no entanto você está aqui, dando uma banana para eles. Eles são centenas procurando-o pelas estradas e berrando o seu nome em todos os programas de rádio e você, o que é que você faz? Você dirige tranquilamente o meu carro fumando um cigarro e mandando eles à merda!"

Tinha sido mais comprido, confuso, e lembrava-se de espiar para ver se tinha a aprovação do companheiro, uma palavra, pelo menos, um gesto, e que Halligan não parecia ouvir. Talvez lhe tenha dito, mais uma vez, com o cigarro colado na boca:

"Vá se catar!"

Era a Nancy, naquela manhã, que tinha se prometido pedir desculpas. Ou talvez não fosse só a ela que devesse prestar contas, era a um bando de gente, representado pelo tenente de cabelos ruivos e encaracolados, que tinha direitos sobre ele.

– Quando cheguei ao cruzamento, fui à cafeteria que fica na esquina. A mulher do balcão poderá confirmar. Primeiro perguntei se ela tinha visto minha mulher.

– Eu sei.

– Ela lhe disse?

– Foi.

Nunca tinha imaginado que um dia seus atos e gestos assumissem uma importância tão grande.

– Ela lhe disse também que foi por ela que eu soube que o ônibus tinha acabado de passar?

– Isso mesmo. O senhor voltou para o carro e, nas palavras dela, o senhor saiu como um louco.

Foi o único momento em que o tenente deixou escapar um leve sorriso.

– Eu queria alcançar o ônibus e implorar que ela viesse comigo.

– Alcançou?

– Não.

– A que velocidade estava dirigindo?

– Algumas vezes passei de 110. É surpreendente que não tenha levado uma multa.

– É sobretudo um milagre que não tenha tido um acidente.

– É – admitiu ele, de cabeça baixa.

– Como explica que, rodando daquele jeito, o senhor não tenha conseguido alcançar um ônibus que não ultrapassa os oitenta por hora?

– Errei o caminho.

– Sabe onde foi parar?

– Não. Numa outra vez, antes, quando minha mulher ainda estava comigo, peguei uma estrada errada, mas depois caímos de novo na highway. Sozinho, eu comecei a dar voltas sem sair do lugar.

– Sem parar?

O que faria? O momento que temia desde que tinha aberto os olhos, sozinho em seu carro, à margem do bosque de pinheiros, tinha chegado. Naquela manhã, sem saber exatamente por que, tinha decidido não dizer nada. Era humilhante, evidentemente, confessar a Nancy sua ligação com Halligan. Havia ainda, em sua decisão, o desejo de evitar um longo interrogatório policial.

Por aquele interrogatório estava passando, quisesse ou não, há quase uma hora, e se perguntava como tinha sido apanhado naquela engrenagem, revia-se entrando atrás do tenente na sala da mesa comprida, com a mente livre o bastante para olhar fotografias de velhos senhores.

Esperava por uma simples formalidade. No começo, dizia mais do que lhe era perguntado. Agora, dava a impressão de um animal acuado. Não se tratava mais de Nancy, nem de Halligan, tratava-se dele, e não ficaria muito surpreso se lhe declarassem que sua vida estava em jogo.

Durante 32 anos, quase 33, tinha sido um homem honesto – andara nos trilhos, como proclamou com tanta veemência na noite anterior: bom filho, aluno exemplar, bem empregado, marido, pai de família, proprietário de uma casa em Long Island; nunca infringira lei alguma, jamais havia comparecido perante a justiça e, todos os domingos pela manhã, ia à igreja com sua família. Era um homem feliz. Nada lhe faltava.

De onde saía então tudo o que declamava quando tinha bebido um copo a mais e por que começava se voltando contra Nancy antes de se voltar contra toda a sociedade? Era preciso que aquilo jorrasse de algum lugar. O mesmo fenômeno se repetia todas as vezes, e todas as vezes sua revolta seguia exatamente o mesmo caminho.

Se pensasse no que dizia, se isso fosse parte de sua personalidade, de seu temperamento, não continuaria a pensar a mesma coisa ao acordar no dia seguinte?

Ora, no dia seguinte, seu primeiro sentimento era invariavelmente a vergonha, acompanhada por um medo vago, como se compreendesse que tinha falhado com alguém ou alguma coisa, com Nancy, antes de tudo, a quem pedia desculpas, mas também com a comunidade, com um poder mais vago que teria contas a lhe pedir.

Eram exatamente essas contas que estavam sendo pedidas. Ainda não o haviam acusado. O tenente não lhe fizera qualquer censura, contentava-se em fazer perguntas e tomar nota das respostas, o que, a seus olhos, parecia ainda mais ameaçador, e jogara as coisas de Nancy em cima da mesa sem qualquer comentário.

O que impedia Steve de confessar tudo sem esperar ser acuado?

A essa pergunta, não ousava responder. Era confuso, aliás. Será que, depois do que acontecera entre os dois na noite de ontem, não seria uma sujeira, uma covardia, trair Halligan?

Cada vez mais, convencia-se de que tinha sido um cúmplice, e isso era verdade de acordo com a lei. Não apenas não tentara impedir sua fuga como o tinha ajudado, e não foi por causa do revólver apontado para ele.

Era preciso não perder de vista que naquele momento ele vivia a sua noite!

Pela manhã, tinha telefonado aos hotéis, aos hospitais, à polícia. Será que tinha mencionado o fugitivo de Sing Sing?

Restavam-lhe alguns segundos para escolher. O tenente não o forçava, esperava com uma paciência notável.

Qual tinha sido a última pergunta?

"Sem parar?"

– Parei mais uma vez – disse.

– Sabe onde?

Ficou mudo, o olhar fixo nos reflexos dourados da mesa, com a certeza de que o policial avaliava o seu silêncio.

– Numa *log cabin*.

O outro insistiu:

– Onde?

– Um pouco antes de chegar a Providence. Há um restaurante ao lado.

Por que sentiu o ar mais relaxado? Em que essa resposta podia aliviar o tenente que o olhava de repente, não mais com olhos de funcionário que segue a rotina de seu trabalho mas, pareceu-lhe, com olhos de homem?

Ficou emocionado. Pela manhã também tinham olhado para ele com aqueles olhos, mas então a garçonete da cafeteria, por exemplo, assim como a telefonista que se interessou pelo seu caso, só viam nele um homem que acabava de receber uma má notícia. Ignoravam tudo a respeito da noite que ele tinha passado. Só o dono da oficina suspeitou de alguma coisa.

Na verdade, o homem do charuto não teria se decidido a comunicar suas suspeitas à polícia? Fazia sentido. Steve não lhe dera uma explicação plausível para o estado do porta-malas do carro, onde não é comum encontrar roupas de mulher misturadas às ferramentas. Também não lhe dissera como ou onde havia perdido sua carteira e seus documentos.

Tudo era possível e estava convencido agora de que, muito antes que se sentassem os dois na ponta da mesa comprida na qual oito cadeiras continuavam vazias, o tenente Murray já sabia.

O tenente parecia também sensível às nuances e bastava olhar para seu interlocutor para compreender que tudo o que ele realmente queria era contar tudo.

– Ele lhe disse como se chamava? – perguntou o policial como se tivesse certeza de ser compreendido.

– Não sei bem se era ele. Espere...

Sorria, agora, quase zombava de sua própria perturbação.

– Minha cabeça está toda embaralhada!... Fui eu... É, tenho quase certeza de que fui eu que adivinhei, quando o encontrei sentado no meu carro... Acabavam de falar dele no rádio...

Voltou à superfície, engoliu uma grande golfada de ar, olhou, frustrado, a porta à qual alguém batia.

– Entre!

A enfermeira-chefe do primeiro andar dirigiu-se, não a ele, mas ao policial que, também ela, parecia conhecer bem.

– O médico disse que ele pode subir.

Ela aproximou-se do tenente, inclinou-se e falou-lhe ao ouvido. Seu interlocutor fez que não com a cabeça e ela falou outra vez.

– Ouça, sr. Hogan – disse ele afinal. – Eu não tive oportunidade, até agora, de colocá-lo a par de alguns fatos. É um pouco por culpa sua. Eu precisava primeiro...

Fez sinal de que compreendia. Se tivesse dito tudo logo, há muito tempo teriam acabado com aquilo – e chegava a achar ridícula sua própria obstinação.

– Sua esposa está fora de perigo. Quanto a isso, o médico é categórico. Mas nem por isso ela saiu do estado de choque. Seja qual for a atitude dela, diga ela o que disser, é importante que o senhor fique calmo.

Não via bem o que aquilo queria dizer e, com a garganta apertada, disse docilmente:

– Prometo!

Tudo o que sabia era que ia vê-la e sentia isso como uma espécie de corrente de ar nas costas; seguiu a enfermeira pelo corredor enquanto o tenente andava atrás dele sem fazer o mínimo barulho com suas botas.

Não tomaram o elevador, e sim a escada, chegaram ao cruzamento dos corredores. Seria incapaz, depois, de dizer se viraram à direita ou à esquerda. Passaram diante de três portas abertas e ele evitava olhar para dentro dos cômodos. Um médico saiu da quarta sala, fez sinal à enfermeira de que tudo estava bem, lançou um longo olhar a Steve e apertou a mão do tenente.

– Como vai, Bill?

Essas palavras gravaram-se em sua memória como se tivessem sido de uma importância capital. Suas pernas amoleciam. Percebeu, à esquerda, encostados à parede, três leitos, não seis como imaginara pela manhã: uma senhora lia sentada no primeiro, junto à janela; outra, cujos cabelos pendiam em tranças, segurava-se à cadeira em que estava; e uma terceira parecia dormir e respirava com dificuldade. Nenhuma delas era Nancy. Ela estava do outro lado – onde havia três outros leitos –, o que havia ficado oculto pela porta.

Quando a viu, pronunciou seu nome, primeiro num sopro; repetiu-o mais forte, tentando assumir um tom alegre, por ela, para que ela não se assustasse. Não compreendia por que ela o olhava com uma espécie de pavor, a ponto de a enfermeira considerar necessário ir acariciar-lhe o ombro, murmurando:

– Ele está aqui, está vendo? Ele está contente por tê-la encontrado. Tudo vai ficar bem!

– Nancy! – exclamou, sem conseguir mais esconder sua angústia.

Não reconhecia o olhar dela. As bandagens que lhe envolviam a cabeça até as sobrancelhas e lhe ocultavam as orelhas talvez alterassem o aspecto de seu rosto, que estava tão branco que parecia sem vida. Os lábios, por sua palidez, lhe pareciam diferentes. Nunca os tinha visto tão finos, tão apertados, como lábios de uma mulher velha. Esperava por tudo isso, podia, devia esperar, mas não esperava por aqueles olhos que tinham medo dele e que de repente se desviavam.

Então, deu dois passos, segurou uma das mãos soltas sobre o lençol.

– Minha Nancy, eu lhe peço desculpas...

Foi obrigado a se inclinar para ouvir o que ela respondia.

– Cale-se... – dizia ela.

– Nancy, eu estou aqui, você vai ficar boa depressa, o doutor tem certeza. Está tudo bem. Nós...

Por que ela continuava a se recusar a olhá-lo de frente e virava o rosto para a parede.

– Amanhã, vou buscar as crianças no acampamento. Elas também estão bem. Você vai vê-las...

– Steve!

Imaginou compreender que ela desejava que ele se inclinasse mais.

– Sim? Estou ouvindo. Estou tão contente de ter encontrado você! Fiquei com tanta raiva de mim, sabe, da minha estupidez...

– Calado!...

Era ela quem queria falar, mas precisava primeiro recuperar o fôlego.

– Lhe contaram? – perguntou ela então, enquanto ele via lágrimas correrem de seus olhos e seus dentes se fecharem a tal ponto que ele os ouviu ranger.

A enfermeira tocava-lhe o braço como para transmitir-lhe uma mensagem e ele murmurou.

– Contaram sim. Me contaram.

– Você será capaz de me perdoar algum dia?

– Mas sou eu, Nancy, quem lhe pede perdão, fui eu que...

– Calado! – repetiu ela.

Devagar, ela virou o rosto para olhar para ele, mas, quando ele se inclinou para tocar-lhe com os lábios, ela o empurrou de repente com golpes fracos dos braços, gritando:

– Não! Não! Não! Eu não posso!

Endireitou o corpo, assustado, e o médico entrou na sala e dirigiu-se à cabeceira do leito enquanto a enfermeira cochichava:

– Venha, agora. É melhor deixá-la.

CAPÍTULO VII

Aquilo poderia perfeitamente estar acontecendo num outro planeta. A ideia de fazer uma pergunta não lhe vinha à cabeça, nem de decidir fosse o que fosse, de tomar a menor iniciativa, e era provável que não se surpreendesse se alguém passasse através dele como através de um fantasma.

Com a mão em seu ombro, o tenente o levava em direção a uma janela no final do corredor, e eles precisavam abrir caminho através de um mar de pessoas que, como a um sinal, tinha invadido o andar: mulheres, homens, crianças bem-vestidas, muitos levando flores e frutas, ou uma caixa de bolo. Um homem da sua idade, com um bigodinho castanho e um chapéu de palha, esforçava-se para chegar sabe Deus onde com uma casquinha de sorvete de creme em cada mão.

Steve não se perguntava o que estava acontecendo, nem por que passe de mágica as duas pretinhas que tinha visto em algum lugar, sem se lembrar onde, faziam outra vez parte de seu universo e se davam as mãos com medo de se perder.

– É inútil eu tentar interrogá-la agora, com todas essas visitas – dizia o tenente que de repente se dirigia a ele como se tivesse contas a prestar ou precisasse de sua aprovação. – De qualquer maneira, é melhor lhe dar tempo de se recompor. Pedi ao médico para lhe fazer a única pergunta que importa agora.

A enfermeira-chefe, com quem todo mundo tentava falar, não se preocupava mais com eles ou com Nancy. O tenente estendeu a Steve seu maço de cigarros e um fósforo aceso.

– Se não se importa de esperar aqui, eu vou dar uma olhada no meu ferido. Ganharemos tempo.

Três minutos ou uma hora não faziam mais diferença para Steve. Encostado à janela, deixava o olhar vagar à sua frente sem mais interesse do que se tivesse visto peixes se agitarem numa água transparente e não compreendia que os gestos de encorajamento que a enfermeira fazia às vezes na sua direção eram para ele.

O médico saiu da enfermaria, lançou um olhar para cada lado do corredor, pareceu surpreso e dirigiu-se à enfermeira que lhe disse algumas palavras e indicou-lhe a escada onde ele, por sua vez, desapareceu.

Uma moça vestida com roupa do hospital passeava pelo corredor a passos lentos, de determinada porta a outra porta, sustentada de um lado pelo marido, tendo na outra mão uma menininha, e sorria com êxtase como se tivesse ouvido uma música celestial. Havia gente por toda parte, que falava, entrava e saía, gesticulava sem razão aparente e, quando o tenente apareceu, afinal, perto da porta de vidro que dava para a escada e fez sinal a Steve para ir ao seu encontro, este começou por sua vez a andar, livre de preocupação consigo mesmo.

– O doutor acha, como eu, que é preferível que o senhor não a veja mais antes de hoje à noite, talvez amanhã de manhã, ele dirá depois de examiná-la às sete horas. Se quiser me acompanhar, preciso ir à chefatura, mas, antes, tenho que dar um telefonema.

Ele se aproximou do telefone da enfermeira, no qual, de pé, pediu sua ligação. E Steve continuou a esperar, sem pensar em escutar o que dizia o policial. Ouviu apenas palavras que não relacionou a coisa alguma:

– ...Como nós pensamos, é, sim... Absolutamente formal... Estou indo...

Steve seguiu-o pela escada, pelo corredor do térreo, depois ainda pelo hall de entrada e afinal pelo jardim do hospital cujas alamedas estavam repletas de carros.

O sol, os ruídos, o movimento da multidão o atordoavam. O mundo inteiro estava em efervescência. Entrou mecanicamente no banco de trás do carro da polícia enquanto o tenente se instalava a seu lado, fechava a porta e ordenava ao sargento que estava ao volante:

– Para a chefatura!

Na passagem, Steve avistou seu próprio carro, que não tinha mais seu aspecto familiar, que não parecia mais lhe pertencer.

Em todas as ruas que atravessavam a multidão se agitava, sobretudo pessoas de shorts, homens de torso nu, crianças com roupas de banho coloridas, por toda parte alguém comia, chupava picolés, carros buzinavam, moças riam jogando a cabeça para trás ou pendurando-se no braço de seus companheiros e alto-falantes difundiam como que um lençol de música.

– O senhor talvez queira comprar uma ou duas camisas?

O carro parou diante de uma loja em que artigos de praia estavam pendurados ao redor da porta.

Conseguiu ser lúcido o bastante para pedir duas camisas brancas de mangas curtas, dizer seu nome, guardar o troco e voltar para o carro em que os dois homens o esperavam.

– Tenho na chefatura um aparelho de barba e tudo mais. O senhor poderá se arrumar um pouco. Se eu não voltar com o senhor, mandarei levá-lo numa de nossas viaturas. O que tenho medo é que talvez não seja fácil encontrar um quarto.

Saíram da cidade e, ao longo do caminho, havia ainda espécies de barracões onde serviam comida e sorvetes.

O tenente esperou que a estrada se tornasse uma estrada de verdade, com árvores dos dois lados.

– O senhor entendeu? – perguntou ele, quando acreditou ter chegado a hora.

Steve entendeu as palavras, mas precisou de algum tempo para que elas fizessem sentido.

– Entendi o quê? – perguntou então.

– O que aconteceu com sua esposa.

Refletiu com esforço, sacudiu a cabeça, confessou:

– Não.

Acrescentou, mais baixo:

– Parece que ela tem medo de mim.

– Fui eu quem a apanhou à beira da estrada na noite de ontem – continuou seu companheiro numa voz mais suave. – Ela teve sorte de que umas pessoas de White Plains enguiçassem perto do lugar onde ela estava caída. Ouviram seus gemidos. Eu estava a alguns quilômetros dali quando a chefatura me alertou pelo rádio e cheguei lá antes da ambulância.

Por que ele não falava com naturalidade? Parecia que ele só contava aquilo tudo para ganhar tempo. Havia um tom falso em sua conversa. Steve também não pensava no que dizia quando perguntou:

– Ela estava sofrendo muito?

– Ela estava desmaiada. Perdeu muito sangue, o que explica porque o senhor a viu tão pálida. Deram-lhe os primeiros socorros no local.

– Deram uma injeção?

– O enfermeiro deu uma, sim. Eu acho. Depois foi preciso encontrar um hospital que tivesse um leito livre e fomos a quatro antes de...

– Eu sei.

– Eu queria que ela ficasse isolada. Foi impossível. O senhor mesmo viu. É desagradável interrogá-la na frente das outras doentes.

– É.

Eram os olhos apavorados de Nancy que continuava a ver à sua frente e ele continuava a não fazer a pergunta. A viatura rodava depressa, os outros carros, à vista do emblema da polícia, diminuíam a velocidade de repente e a fila parecia um cortejo. Ao passarem diante de um restaurante, o tenente propôs:

– O senhor não gostaria de uma xícara de café?

Respondeu que não. Não tinha forças para descer do carro.

– Aliás, temos café na chefatura. Veja só, sr. Hogan, se o senhor percebeu que sua mulher ficou tão apavorada ao vê-lo, é porque ela se acha responsável pelo que aconteceu.

– Fui eu quem tirou a chave. Ela sabe disso muito bem.

– Mas assim mesmo ela saiu andando, sozinha, no escuro, pela estrada.

Steve não sabia por que seu companheiro o levava consigo. Não se perguntara. Só estava surpreso por ver um homem como Murray botar a mão em seu joelho e, evitando olhá-lo, pronunciar com uma voz ainda mais neutra:

– Não foi só para roubar a bolsa que o homem a atacou.

Virou-se para o outro, testa franzida, olhar intenso, e as palavras pareceram vir de muito longe.

– Está me dizendo que...?

– Que ela foi violentada. Foi o que o médico nos confirmou hoje de manhã, às dez horas.

Não se moveu, não disse mais nada, imóvel, sem que um músculo estremecesse, com a imagem patética de

Nancy diante de seus olhos. Pouco importavam as palavras que o tenente pronunciava agora. Era bom que ele falasse. Não se podia deixar que o silêncio os submergisse.

– Ela se defendeu bravamente, como prova o estado de suas roupas e as manchas roxas que tem no corpo. O homem, então, bateu-lhe na cabeça com um objeto pesado, um tubo de chumbo, uma chave inglesa ou a coronha de um revólver, e ela desmaiou.

Chegaram a uma highway que Steve tinha visto num passado próximo ou distante, percorreram ainda alguns quilômetros e o carro parou defronte a um prédio de tijolos, da polícia estadual.

– Achei que seria mais fácil lhe falar a respeito disso durante a vinda. Agora, vamos ao meu escritório.

Steve não teria conseguido falar, andava como um sonâmbulo, atravessou um cômodo em que se encontravam diversos homens uniformizados, ultrapassou a porta que lhe era indicada.

– O senhor me dá licença um instante?

Deixavam-no sozinho, talvez porque o tenente tivesse ordens a dar, talvez por discrição. Mas não chorou, se era isso o que pensaram que faria, não se sentou, não deu um passo, apenas abriu a boca para pronunciar: “Nancy!”

Nenhum som saiu. Nancy tinha sentido medo quando ele se aproximara dela. Era ela quem se envergonhava e que gostaria de lhe pedir perdão!

A porta se abriu, o tenente entrou, dois copos de papel cheios de café nas mãos.

– Está doce. Suponho que o senhor usa açúcar...

Beberam juntos.

– Se tudo der certo, em uma ou duas horas ele será nosso.

Saiu novamente, desta vez deixando a porta aberta, voltou quase no mesmo instante com um mapa de um tipo que Steve nunca tinha visto e que abriu sobre a mesa. Alguns cruzamentos, alguns pontos estratégicos no Maine e em New Hampshire, não muito longe da fronteira canadense, estavam marcados com um traço vermelho.

– A mais ou menos um quilômetro e meio de onde ele foi obrigado a abandonar seu carro e a deixá-lo à beira da estrada, um motorista deixou que subisse em seu caminhão e levou-o até Exeter. De lá...

Steve recuperou de repente a voz e perguntou, duro:

– O que é que está dizendo?

Quase gritava, ameaçador, parecia desafiar seu interlocutor a repetir o que acabara de dizer.

– Digo que, em Exeter, ele encontrou...

– Quem?

– Halligan. Ele agora está num perímetro...

O tenente estendia o braço para indicar com o dedo uma parte do mapa e Steve interrompeu-o com um gesto brusco.

– Não estou perguntando onde ele está. Quero saber se foi ele quem...

– Achei que o senhor tivesse compreendido há muito tempo.

– Tem certeza?

– Tenho. Desde hoje pela manhã, quando mostrei a foto dele ao barman do Armando's. Ele o reconheceu oficialmente. Halligan saiu do bar enquanto o senhor ainda estava lá.

Steve, punhos fechados, mandíbulas duras, continuava a olhar fixo para o policial, como se esperasse provas.

– Encontramos o rastro dele na *log cabin* onde ele bebeu com o senhor e onde nos deram a sua descrição, assim como a de seu carro.

– Halligan! – repetiu ele.

– Ainda há pouco, no hospital, enquanto o senhor esperava no corredor e eu fui ver meu ferido, o médico, a meu pedido, mostrou à sua esposa uma foto, que ela também reconheceu.

O tenente acrescentou, depois de um momento:

– O senhor compreende agora?

Compreender o quê? Havia coisas demais a compreender, para um único homem.

– Às nove horas, hoje pela manhã, um garagista de um lugarzinho de New Hampshire telefonou à polícia e deu o número da placa do seu carro, que já sabíamos, pela proprietária da *log cabin*.

Então tinham seguido suas pistas, as suas também, marcando seu caminho com traços de lápis vermelho, como agora faziam com Sid Halligan?

– O senhor quer se barbear? – perguntava o tenente abrindo a porta de um lavabo. – Uma coisa é certa. Até aqui, ele só se arriscava, por ter fugido, a cinco ou dez anos a mais em sua pena. Agora, é cadeira!

Steve bateu a porta e, dobrado em dois, começou a vomitar. Um cheiro acre de bebida subia do vaso, sua garganta queimava, ele segurava o estômago com as duas mãos, olhos embaçados, o corpo sacudido por soluços.

Ouviu, ao lado, o tenente falar ao telefone, depois os passos de dois ou três homens, o ruído de uma espécie de conferência que acontecia na chefatura. Levou muito tempo até ser capaz de passar água fresca no rosto, cobri-lo de creme e se barbear, olhando seu reflexo com tanta dureza quanto havia olhado para o policial. Um ódio terrível rosnava dentro dele como uma tempestade que se ouve pelos quatro cantos do céu ao mesmo tempo, um ódio tão doloroso que se traduzia pela palavra “matar”, não matar com uma arma, mas matar com as mãos, lenta, ferozmente, com todo conhecimento de causa, sem perder um único olhar de pavor, um só sobressalto de agonia.

O tenente tinha dito:

"Agora, é cadeira!"

E aquilo lhe lembrava uma voz que, na noite anterior, também falara da mesma cadeira, a voz de Halligan, que dizia:

"Não tenho vontade de ir para a cadeira."

Não. Não era isso. A cena lhe voltava à memória. Steve perguntava se ele havia atirado. Fazia a pergunta com voz tranquila, sem indignação, só com um estremecimento de curiosidade. E Sid tinha respondido com pouco caso:

"Se eu tivesse atirado, eles teriam me mandado para a cadeira."

Não tinha sido mais ou menos nessa hora que Steve havia pensado nos dois jovens que cometeram um *hold-up* na Madison Avenue observando que, durante dez anos, não veriam uma mulher?

Halligan acabava de passar quatro anos em Sing Sing. Não quis fazer mal à menina que trancara no armário com uma barra de chocolate para impedi-la de gritar. Tinha amordaçado e amarrado a mãe, para poder procurar em paz as economias do casal nas gavetas. Ainda não tinha revólver. Precisava também das roupas do marido, porque estava com a roupa de prisioneiro. Mais tarde, tinha roubado uma arma na vitrine de uma loja. E, depois...

De torso nu, cabelos úmidos, abriu a porta.

– Deixei as camisas no carro.

– Aqui estão! – disse o tenente, mostrando o embrulho sobre a mesa.

Ele o olhava, para ter uma ideia de seu estado de espírito.

– Pode vestir sua camisa aqui mesmo. Não temos segredos a discutir.

Um sargento lhe prestava contas do telefonema que acabava de receber.

– Encontraram, entre Woodville e Littleton, na 302, o carro roubado em Exeter. O tanque de gasolina estava vazio. Ou ele achou que tivesse mais combustível e esperava poder chegar à fronteira canadense, ou não ousou se mostrar num posto.

Os dois se debruçavam sobre o mapa.

A polícia de New Hampshire nos mantém informados. Ela já alertou o FBI. Barreiras foram armadas em toda a região. Por causa dos bosques, que dificultam as buscas, pediram cães, que devem chegar a qualquer momento.

– Está ouvindo, sr. Hogan?

– Estou.

– Espero que o prendam antes do cair da noite e que ele não tenha tempo de fazer das suas em alguma fazenda isolada. No ponto em que está, ele não hesitará mais em matar. Ele sabe que não tem mais o que perder. Está dispensado, companheiro!

O sargento saiu.

O tenente continuou sentado diante do mapa. Tinha tirado o paletó do uniforme e, com as mangas da camisa enroladas acima dos cotovelos, fumava um cachimbo, coisa que só devia fazer na chefatura e em casa.

– Sente-se. Hoje tudo está um pouco mais calmo. A maioria das pessoas chegou aonde queria ir. Amanhã, só haverá o movimento local, alguns afogamentos, brigas nas danceterias. O perigo recomeça na segunda-feira, com todo mundo correndo para Nova York e para as grandes cidades.

"Quarenta e cinco milhões de..."

Afastou com horror essas palavras que lhe lembravam o movimento do carro, o atrito de todas as rodas sobre o asfalto, os faróis, os quilômetros percorridos na escuridão de uma espécie de *no man's land** e os anúncios de neon que surgiam dentro dela.

---

* Terra de ninguém. (N.T.)

– Ele o ameaçou com o revólver?

Steve olhou nos olhos do homem que, inclinado na cadeira, tirava pequenas baforadas do cachimbo.

– Quando entrei no carro, ele estava sentado lá e tinha a arma apontada para mim – disse, escolhendo as palavras.

Depois, separando as sílabas, acrescentou como por desafio:

– Não era necessário.

O tenente não teve um sobressalto, não pareceu surpreso e fez outra pergunta:

– Na *log cabin*... Na verdade, o lugar se chama Blue Moon... Na Blue Moon, quero dizer, o senhor já o havia reconhecido.

Fez que não com a cabeça.

– Eu sabia que era um vagabundo, desconfiava que estivesse se escondendo. Aquilo me excitava.

– Foi o senhor quem dirigiu, todo o tempo?

– Em algum lugar, paramos num posto de gasolina para encher o tanque e consegui com o frentista uma dose de uísque. Acho que a esvaziei em alguns minutos.

Acrescentou um detalhe que não lhe pediam:

– Halligan tinha adormecido.

– Ah!

– Tivemos um pneu furado, depois, e ele teve que trocar a roda, porque eu não prestava mais para nada e fiquei derrubado na grama. Depois, não sei mais. Ele poderia ter me largado ali ou me mandado uma bala na cabeça para me impedir de denunciá-lo.

– O senhor já tinha lhe dito que sabia quem ele era?

– Quando saí do Blue Moon.

– Como está se sentindo?

– Vomitei tudo o que tinha no estômago. O que vai acontecer comigo?

– Vou mandá-lo de volta a Hayward. São cinco horas. Às sete, o médico examinará outra vez a sua esposa e lhe dirá se o senhor poderá vê-la esta noite. Imagino que tenha a intenção de dormir por lá...

Não tinha pensado nisso. Não refletira sobre o problema. Era a primeira vez que se via sem uma cama para dormir, com sua casa vazia em Long Island, seus dois filhos que o esperavam num acampamento e sua mulher, cercada por outras cinco doentes, num leito de hospital.

– Perderia seu tempo tentando os hotéis e albergues. Tudo está mais do que lotado. Mas existem pessoas que, no verão, alugam quartos para a noite. Talvez o senhor tenha sorte.

O tenente não insistiu a respeito de suas relações com Halligan, não tocou mais no assunto, e isso o contrariava. Tinha vontade de falar, de confessar tudo o que lhe passara pela cabeça durante a noite, convencido de que isso lhe faria bem, que depois se sentiria aliviado.

Será que seu companheiro adivinhava suas intenções? Será que, por alguma razão pessoal, queria evitar essa confissão? De qualquer maneira, por enquanto, ele se levantava para se despedir.

– É melhor que o senhor vá, se não quiser dormir na praia. Telefone quando tiver um endereço. Eu lhe direi em que pé estaremos.

Chegava à porta quando foi chamado:

– Sua outra camisa!

Steve, que se esquecera de que havia comprado duas, apanhou o embrulho.

– Joguei a suja no cesto de lixo – disse.

Na sala maior, o sargento de ainda há pouco anunciou ao chefe, com os fones de escuta na cabeça:

– Os cães chegaram e, depois de farejarem o assento do carro abandonado, lançaram-se atrás da pista.

Steve não tinha vontade de esperar, não ousou estender a mão.

– Eu lhe agradeço, tenente, pela maneira como me tratou. E por tudo.

Indicaram-lhe um carro em cujo volante havia um homem uniformizado. Sentou-se ao lado dele.

– Para Hayward. Leve-o ao pátio do hospital, onde ele deixou o carro.

O movimento da viatura fez com que pouco a pouco fechasse os olhos. Lutou por algum tempo, depois sua cabeça caiu sobre o peito e ele cochilou, sem perder inteiramente a consciência do lugar onde estava. Só a noção do tempo se apagou: os acontecimentos lhe vinham à lembrança em desordem, imagens isoladas se misturavam, ligando-se e desligando-se entre si.

Por exemplo, identificou Halligan, não como o homem de rosto magro e nervoso, mas como o loiro do primeiro bar, e imaginou Nancy com ele, bebendo no balcão, um balcão que não era o da beira da estrada e sim o balcão de Louis, na 45th Street.

Então, protestou, agitando-se:

– Não, não é ele. Esse é o errado! O verdadeiro Halligan era moreno, tinha um ar doentio, e sua palidez não era surpreendente porque ele acabava de passar quatro anos na prisão. Ele dirigia o carro com um sorriso misterioso nos lábios, quando Steve exclamou de repente:

"Mas é a minha mulher! Você não tinha me dito que era a minha mulher!"

Gritando as palavras,"minha mulher" cada vez mais alto, apertava o pescoço do homem com as duas mãos enquanto um dos pneus estourava e o carro ia parar no meio dos pinheiros.

– Ei! *Mister*!...

O policial batia em seu ombro, sorrindo.

– Chegamos.

– Por favor, me desculpe. Acho que adormeci. Obrigado.

A maioria dos carros havia desaparecido do pátio do hospital e o seu estava sozinho no meio de um grande vazio. Não precisava dele. Aonde iria de carro? Ergueu os olhos para as janelas, incapaz de reconhecer a de Nancy. Não valia a pena ficar ali olhando para o nada. Era preciso fazer o que lhe haviam dito para fazer.

O tenente lhe havia recomendado procurar um quarto antes de qualquer outra coisa. Havia casas bem perto, a maioria de madeira, pintadas de branco, com uma varanda ao redor e, nessas varandas, pessoas, sobretudo velhos, que aproveitavam o ar fresco balançando-se numa *rocking chair.**

– Desculpe-me por incomodá-la, senhora. A senhora sabe onde terei chances de encontrar um quarto?

– O senhor é a terceira pessoa a me fazer essa pergunta na última meia hora. De qualquer maneira, dirija-se à casa da esquina. Eles não têm mais nada livre, mas talvez conheçam algum outro lugar.

Viu o mar, não muito longe, no final de uma rua. O sol ainda não desaparecera de todo na direção oposta, atrás das casas e árvores, mas a superfície da água já era de um verde glacial.

– Desculpe, senhora, será que...

– É para uma pessoa?

– Minha mulher está no hospital e...

Mandaram-no para outro lugar, depois para outro, por ruas que se afastavam cada vez mais do centro da cidade e em que os habitantes estavam às portas.

– Para uma pessoa só?

– É, minha mulher está no hospital...

* Cadeira de balanço. (N.T.)

– O senhor sofreu um acidente?

Achavam estranho que estivesse sem carro.

– Deixei meu carro no hospital. Vou buscá-lo quando encontrar um lugar para passar a noite.

– Tudo o que podemos lhe oferecer é uma cama dobrável na varanda, atrás da casa. Temos um mosquiteiro, mas devo prevenir-lhe que não fará calor. Eu lhe darei dois cobertores.

– Servirá muito bem.

– Sou obrigado a cobrar-lhe quatro dólares.

Pagou adiantado.

Quase logo depois de lhe ter entregue aquele dinheiro, o dono da oficina sem dúvida achou que deveria avisar a polícia. Steve não desconfiara, enquanto seguia na direção de Hayward, de que sabiam exatamente onde ele estava.

Esse pensamento, em vez de aborrecê-lo, deixou-o mais calmo. Era tranquilizador constatar que o mundo era bem organizado e a sociedade, sólida.

Ela não podia impedir tudo. Nancy também não tinha conseguido impedi-lo de beber, na noite anterior. Tentou com todas as suas forças e, no fim das contas, quem pagou foi ela.

– A que horas o senhor pretende voltar?

– Não sei. Preciso ir ver minha mulher no hospital. Voltarei cedo.

– Às dez horas, vou me deitar e não abro mais a porta. O senhor fica avisado. Preencha sua ficha.

Escrever seu nome lembrou-o da notícia no jornal. Continuariam a falar do atentado no jornal da noite, era inevitável. O rádio já devia ter anunciado que a vítima da agressão havia sido identificada. Lera muitas vezes informações desse tipo, sem dar qualquer importância à menção: “Houve estupro”.

Todo mundo ficaria sabendo. Pensou no sr. Schwartz, na telefonista que lhe responderia com secreta satisfação que sua mulher estava em reunião, em Louis e seus clientes das cinco horas. Então, a seu desânimo, tão visível que sua hospedeira o olhava com alguma desconfiança, mesclou-se uma compaixão de um tipo especial. Não era mais como marido que pensava em Nancy. Pensava nela como uma mulher na rua, na vida, uma mulher que as pessoas seguiam com os olhos murmurando, com ar desolado:

"– Foi ela que foi violentada?"

Aquilo trazia novos problemas. Talvez Nancy, por sua vez, sozinha no leito, já tivesse refletido sobre eles. Tanto quanto a conhecia, parecia-lhe que ela jamais aceitaria rever todos os que conheciam e retomar a vida de sempre.

– Se é ao hospital que o senhor vai e se quiser pegar um atalho, vire logo adiante à direita e ande até encontrar um restaurante com a fachada pintada de azul. De lá, poderá ver o hospital.

O que teria sido maravilhoso seria viverem os quatro, eles e as crianças, sem ver mais ninguém, nem mesmo Dick e sua mulher, que, aliás, sempre trazia no rosto um sorriso falso e tinha ciúmes de Nancy. Ela, Nancy, ficaria em casa. Ele continuaria a ir ao trabalho, porque era preciso ganhar a vida, mas voltaria direto, sem passar no bar do Louis, sem precisar de um martíni. Ninguém lhes faria perguntas, nem teceria comentários.

O barulho e as músicas do centro da cidade lhe chegavam, abafados, e o rádio estava ligado em muitas casas; em outras, adivinhavam-se as silhuetas imóveis na penumbra, diante da tela lunar de uma televisão.

Chegou ao restaurante de fachada azul e entrou, não para beber, mas para comer, pois tinha câimbras no estômago. Aliás, não havia bar. Não eram servidas bebidas alcoólicas. Não ficaria tentado, de qualquer modo. Tinha a intenção, antes, se lhe tivessem deixado falar com ela e se ela não estivesse esgotada demais, de jurar a Nancy que nunca mais tocaria num copo de bebida em sua vida, inteiramente decidido a manter a promessa, não apenas por ela, mas por si mesmo.

Uma moça que cheirava a suor limpou a mesa à sua frente com um pano sujo e lhe botou um cardápio nas mãos, esperando o pedido, o lápis no ar.

– Me dê qualquer coisa. Um sanduíche.

– O senhor não quer uma salada de lagosta? É o prato do dia.

– Sai mais depressa?

– Está pronta. Café?

– Por favor.

Sobre uma das mesas havia um jornal vespertino, mas preferiu não abri-lo. O relógio, na parede, marcava 18h10. Na véspera, a esta hora, estavam em casa, sua mulher e ele. Para ser mais rápido, não se sentaram para comer seus sanduíches, e ele ainda podia ouvir o ruído da geladeira quando sua mulher a abrira para se servir de uma Coca-Cola.

"Você quer?"

Não podia confessar que acabava de tomar um uísque. Foi ali que tudo começou. Ela usava seu costume verde de verão, que comprara na 5th Avenue sem desconfiar de que falariam dele nos jornais de Boston na manhã do dia seguinte.

"Ketchup?"

Tinha pressa de chegar ao hospital. Mesmo que não lhe permitissem subir na mesma hora, se sentiria mais perto dela. Por outro lado, no hospital, não seria tentado a pensar. Não queria mais pensar, hoje. Seu cansaço havia atingido o ponto em que lhe causava dores por todo o corpo, como se fosse no interior dos ossos. Já passara muitas vezes a noite em claro, até mesmo bebendo, mas quase sempre se recuperava com mais bebida. Era provável que isso desse certo, também esta noite. Pela manhã, o uísque lhe tinha permitido aguentar o tranco e dirigir o carro até aqui, dera-lhe até mesmo sangue-frio suficiente para telefonar para toda parte e encontrar Nancy.

Lamentava não ter mais a garçonete da cafeteria para ajudá-lo. Aqui, todo mundo tinha pressa, ouvia-se o bater dos pratos, as moças iam e vinham sem conseguir contentar a todos, e o tempo todo havia alguém que gostava de barulho e estava disposto a botar cinco centavos no jukebox.

– Sobremesa? Temos torta de maçã e torta de limão.

Preferiu pagar e ir embora. Todas as janelas do hospital estavam iluminadas e, se Nancy não estivesse do lado da porta, talvez pudesse avistar seu leito. Nem todas as cortinas estavam puxadas. Via-se aqui e ali a touca branca de uma enfermeira, a silhueta de um doente inclinado para uma revista.

Ao passar pelo seu carro, desviou o olhar, constrangido por tudo o que ele lhe lembrava. Prometeu a si mesmo trocá-lo por outro, mesmo mais antigo, assim que tivesse a oportunidade.

Tinha se esquecido de telefonar ao tenente que lhe pedira para fazê-lo. Lembrou-se de ter avistado uma cabine no saguão do hospital. Assim que tivesse mais notícias, seria também preciso telefonar aos Keane. Não podia se esquecer das crianças. Precisava primeiro ter uma ideia mais definida do que fariam.

– Sabe me dizer se posso ver minha mulher?

A mocinha o reconheceu e apertou um botão na central telefônica.

– É o marido da senhora do 22. Sabe de quem estou falando? Sim? Como? O médico não deve vir antes das sete? Direi a ele.

E repetiu:

– Não antes das sete horas.

– Posso usar o telefone?

– A cabine é pública.

Ligou para a chefatura.

– Quem fala é Steve Hogan. Eu gostaria de falar com o tenente Murray.

– Estou a par, sr. Hogan. Era eu quem estava no hospital com o tenente. Ele foi jantar.

– Ele me pediu que telefonasse para lhe dar meu endereço aqui.

– O senhor conseguiu um quarto?

Leu o endereço que sua hospedeira havia escrito num pedaço de papel.

– Alguma notícia?

– Tivemos sim, há mais ou menos meia hora.

A voz era alegre.

– Tudo acabado. Os cães foram primeiro atrás de uma pista falsa, o que fez com que perdêssemos cerca de uma hora. Foram levados de volta ao carro e, dessa vez, não se enganaram.

– Ele se defendeu?

– Quando se viu cercado, ele largou o revólver e botou as mãos para cima. Estava verde de medo e suplicou que não lhe fizessem mal. O FBI ficou com ele. Passarão por aqui amanhã pela manhã no caminho para Sing.

– Muito obrigado.

– Boa noite. O senhor pode dar a notícia à sua esposa. Ela também ficará satisfeita.

Saiu da cabine e foi se sentar numa cadeira da sala de espera, onde estava sozinho e via, atrás do vidro do guichê, a parte de cima do rosto da recepcionista, que batia à máquina e às vezes lhe lançava um olhar de curiosidade.

Não reconheceu de imediato o médico que vinha de fora e que ainda não tinha visto com roupas comuns, mas o médico o reconheceu, quase passou direto, voltou sobre seus passos, preocupado.

Steve levantou-se.

– Fique sentado.

Ele próprio sentou-se a seu lado, os cotovelos sobre os joelhos como para uma conversa tranquila de homem para homem.

– O tenente já lhe contou?

Concordou com a cabeça.

– Acredito que o senhor se dê conta de que isso é mais trágico para ela do que para qualquer outra pessoa. Ainda não a examinei esta noite. O ferimento na cabeça não é nada bonito, mas isso melhora rapidamente. Na verdade, é melhor que o senhor saiba, para que não venha a magoá-la com uma reação de surpresa, que fomos obrigados a cortar-lhe os cabelos e raspar a cabeça.

– Eu compreendo, doutor.

– Não podemos ficar com ela aqui por muito tempo, pois passamos o dia recusando urgências. Vocês têm um bom médico? Onde moram?

– Em Long Island.

– Há um hospital perto de sua casa?

– A uns cinco quilômetros.

– Verei como ela está exatamente e se poderá viajar em breve sem riscos. O que é mais importante, no caso dela, e isso lhe diz respeito, é o estado psicológico. Espere! Não tenho dúvidas de que esteja disposto a cercá-la de todos os cuidados imagináveis. Mas infelizmente este não é o primeiro caso desse tipo que me passa pelas mãos. A reação é sempre violenta. Será preciso muito tempo para que sua esposa se considere outra vez uma pessoa normal, para que reaja como uma pessoa normal, sobretudo depois da publicidade que será feita em torno dela e que ninguém pode impedir. Se o agressor for apanhado, haverá um processo.

– Ele está preso.

– O senhor precisará se mostrar paciente, hábil, e talvez, se ela demorar a fazer progressos, pedir a ajuda de um especialista.

O médico se levantou.

– Pode subir comigo e esperar no corredor. A menos que algo imprevisto aconteça, só precisarei de alguns instantes. Vocês têm filhos, como ela me disse?

– Dois. Estávamos a caminho do Maine onde eles nos esperam para trazê-los de volta da colônia de férias.

– Falarei a respeito disso daqui a pouco.

Subiram. A enfermeira não era mais aquela que conhecia e o médico trocou algumas palavras com ela.

– Se o senhor quiser sentar...

– Obrigado.

Preferia ficar de pé. Os corredores estavam vazios, banhados por uma luz amarela e suave. O médico entrara no quarto de Nancy.

– Ela dormiu?

– Não sei. Comecei a trabalhar às seis horas.

Ela lançou o olhar a uma ficha.

– Posso lhe dizer que ela comeu carne, legumes e um caldo.

Aquelas palavras tinham um som tranquilizador.

– A senhora já a viu?

– Ontem à noite, quando a trouxeram.

Não insistiu, preferindo ignorar os detalhes. Da primeira porta vinha o murmúrio monótono da conversa de duas mulheres.

O médico apareceu, chamou:

– Pode vir aqui um instante, senhorita?

Trocaram algumas palavras e a enfermeira entrou no quarto, enquanto o médico se aproximava de Steve.

– O senhor irá vê-la. A enfermeira virá avisá-lo quando ela estiver pronta. A menos que surjam complicações que não prevejo, não há razão para que ela não saia na terça-feira. O weekend estará terminado e as estradas estarão menos cheias.

– Ela vai precisar de uma ambulância?

– Se o senhor tem um bom carro e se dirigir sem muitos solavancos, não será necessário. Eu a examinarei antes. Estou lhe dizendo isso agora para que o senhor possa tomar suas providências. Quanto à questão das crianças, se tiverem alguém que possa cuidar delas em casa...

– Temos uma baby-sitter que fica com elas uma parte do dia e posso pedir-lhe que fique por mais tempo.

– Ajudará no restabelecimento de sua esposa que a vida seja imediatamente a mais normal possível em torno dela. Não fique mais do que vinte minutos, no máximo meia hora, e evite que ela se canse falando.

– Prometo, doutor.

A enfermeira apareceu, mas ainda não era para ele. Tinha ido buscar um objeto que não identificou, na bolsa que estava num armário, e voltou para o quarto.

Uns bons dez minutos ainda se passaram até que afinal lhe fizeram sinal para entrar.

– Ela o espera – disse a enfermeira dando-lhe passagem.

Haviam aberto um biombo ao redor do leito para isolá-lo do resto da enfermaria e havia uma cadeira ao lado da cama. Nancy estava de olhos fechados, mas não dormia e ele via estremecimentos passarem pelo seu rosto.

Reparou que os lábios estavam mais vermelhos, percebeu vestígios de pó perto da bandagem que lhe envolvia a cabeça, na altura da orelha.

Sem uma palavra, sentou-se, estendeu a mão para a mão sobre o lençol.

CAPÍTULO VIII

Sem abrir os olhos, ela sussurrou:

– Não diga nada...

E ela mesma se calou, imóvel, apenas a mão se movendo dentro da de Steve para melhor se acomodar. Estavam ambos num oásis de paz e de silêncio no qual só entrava a respiração sibilante da doente que tinha febre.

Steve evitava fazer qualquer movimento e foi Nancy quem disse depois de algum tempo, numa voz ainda muito baixa:

– Quero que saiba antes de mais nada que não fui eu quem pediu pó e batom. Foi coisa da enfermeira. Ela insistiu, por medo de que você se assustasse.

Ele abriu a boca, não falou e acabou fechando as pálpebras por sua vez, pois estavam ainda mais próximos um do outro assim, sem se ver, só com o contato de seus dedos entrelaçados.

– Você não está muito cansado?...

– Não... Olha, Nancy...

– Psss! Não se mova. Estou sentindo o sangue bater nas suas veias.

Dessa vez, ela ficou por tanto tempo em silêncio que ele acreditou que ela tivesse adormecido. No entanto, ela continuou:

– Estou muito velha agora. Eu já era dois anos mais velha do que você. Desde ontem à noite, sou uma mulher velha. Não proteste. Deixe-me falar. Refleti muito durante a tarde. Eles me deram outra injeção, mas consegui ficar acordada e pude pensar.

Nunca se sentira tão perto dela. Era como se um círculo de luz e de calor os envolvesse, os protegesse do resto do mundo e, em suas mãos unidas, seus pulsos tinham a mesma cadência.

– Em algumas horas, envelheci pelo menos dez anos. Não seja impaciente. Você precisa me deixar ir até o final.

Era ao mesmo tempo bom e dilacerante ouvi-la falar, sempre num sussurro, para que tudo fosse mais secreto, mais só deles dois, e a voz dela não tinha entonação, ela fazia longas pausas entre as frases.

– Você precisa saber, Steve, se é que ainda não pensou nisso por si mesmo, que toda a nossa vida vai mudar e que de agora em diante nada mais será como antes. Eu nunca mais serei uma mulher como as outras, nunca mais serei sua mulher.

E, como sentisse que ele ia protestar, ela se apressou a impedi-lo:

– Calado!... Quero que você ouça e que compreenda. Há coisas que não poderão mais existir, porque, a cada vez, a lembrança do que acontece...

– Cale-se.

Ele abrira os olhos e a via com as pálpebras ainda fechadas, com seu lábio inferior que tremia projetando-se um pouco como quando ela ia chorar.

– Não, Steve! Você também, você não vai conseguir. Eu sei o que estou dizendo. Você também sabe muito bem, mas fica tentando se enganar. Para mim, é o fim. Há um tipo de vida que não conhecerei mais.

Com a garganta inchada, ela engolia a saliva e ele imaginou perceber, pelo espaço de um segundo, o brilho das pupilas entre os cílios que batiam.

– Não vou pedir que você fique comigo. Você vai continuar a levar uma vida normal. Nós daremos o melhor jeito possível para facilitar as coisas.

– Nancy!

– Psss!... Deixe-me acabar, Steve. Um dia ou outro, você vai se dar conta, sozinho, das coisas que estou dizendo agora e então será muito mais doloroso para nós dois. Foi por isso que fiz questão de que você soubesse de uma vez. Eu estava à sua espera.

Não sabia que estava esmagando a mão dela, e ela gemeu:

– Você está me machucando.

– Desculpe.

– É idiota, não é? A gente só entende depois que é tarde demais. Quando a gente está feliz, não dá importância, comete imprudências, pode ser até que se revolte. Fomos felizes, nós quatro.

Então, de repente, ele se esqueceu dos conselhos do médico, não refletiu, não pensou mais no ferimento que Nancy tinha na cabeça, nem na enfermaria do hospital em que estavam. Uma onda de calor invadiu-lhe o peito e as palavras se empurravam em sua mente, palavras que precisava dizer, que nunca havia dito, que talvez nunca tivesse pensado.

– Não é verdade! – protestou primeiro, porque ela acabava de falar em sua felicidade passada.

– Steve!

– Acho que eu também refleti, sem me dar conta. E o que você acabou de dizer é mentira. Não foi ontem que fomos felizes.

– Cale-se!

Sua voz era tão baixa quanto a de sua mulher e, no entanto, ele conseguia colocar uma veemência contida que só a tornava mais eloquente.

Não foi assim que imaginou sua conversa e nunca tinha pensado que um dia lhe diria o que ia dizer. Sentia-se num estado de sinceridade total e era como se estivesse nu, tão sensível como se sua pele lhe tivesse sido arrancada.

– Não olhe para mim. Continue de olhos fechados. Só me escute. A prova de que não éramos felizes é que, assim que saíamos de nossa rotina diária, do círculo de nossos pequenos hábitos, eu ficava tão desesperado que tinha uma necessidade urgente de beber. E você precisava, todos os dias, ir para um escritório na Madison Avenue para se convencer de que tinha uma vida interessante. Quantas vezes ficamos um com o outro, em casa, sem precisarmos, depois de alguns minutos, pegar uma revista ou ligar o rádio?

As extremidades das pálpebras de Nancy estavam úmidas, os lábios se projetavam cada vez mais, ele quase largou sua mão e ela se agarrou nervosamente à dele.

– Você sabe em que momento, ontem, eu comecei a enganá-la? Você ainda estava em casa. Ainda não estávamos na estrada. Eu lhe disse que ia encher o tanque.

Ela murmurou:

– Primeiro você falou de cigarros.

O rosto dela já estava mais claro.

– Era para tomar um uísque. Fiquei no uísque a noite inteira. Eu queria me sentir forte e sem barreiras.

– Você me detestava.

– Você também.

Um sorriso não se insinuou furtivamente em seu rosto quando ela sussurrou:

– É.

– Eu continuei, sozinho, a me revoltar, até acordar hoje de manhã à beira de uma estrada na qual não me lembrava de ter parado.

– Você sofreu um acidente?

Tinha a impressão de que, pela primeira vez desde que se conheciam, não havia mais qualquer fingimento entre eles, mais nada, nem a espessura de um véu, para impedi-los de ser eles mesmos diante um do outro.

– Não foi um acidente. É a minha vez de dizer que é preciso que você saiba e que é melhor que seja logo agora. Encontrei um homem em quem, durante horas, eu quis ver um outro eu que não seria covarde, um homem com quem eu lamentava não me parecer, e eu disse a ele tudo o que tinha no coração, tudo de mal que fermentava em mim. Falei de você, talvez tenha falado das crianças, e não tenho certeza de não ter fingido que não as amava. E no entanto eu sabia quem era aquele homem e de onde ele vinha.

Havia fechado os olhos outra vez.

– Com uma teimosia de bêbado eu fiz questão de sujar tudo, e o indivíduo com quem me abri daquela maneira é...

Mal ouviu que ela repetia:

– Cale-se.

Tinha acabado. Chorava em silêncio e não eram amargas as lágrimas que escorriam de seus olhos fechados. A mão de Nancy dentro da sua estava inerte.

– Você entende, agora...

Precisou dar à sua garganta tempo para se destravar.

– Você entende que só agora é que vamos começar a viver?

Surpreendeu-se, ao abrir as pálpebras, quando viu que ela o olhava.

Será que ela tinha o olhado durante todo o tempo em que falou?

– Isso é tudo! Você está vendo, você tinha razão ao achar que, desde ontem, percorremos uma longa estrada.

Acreditava ler um resto de incredulidade nos olhos dela.

– Será outra vida. Não sei como será, mas tenho certeza de que a viveremos juntos.

Ela ainda tentava se debater.

– É mesmo? – perguntou ela com uma candura que ele não conhecia.

A enfermeira passou atrás dele para se ocupar da doente que tinha febre e que devia ter tocado a campainha para chamá-la. Durante todo o tempo em que ela ficou na enfermaria, evitaram falar.

Isso não tinha mais importância, agora. Talvez, quando tivesse retomado a vida de todos os dias, Steve ficasse constrangido ao se lembrar dessa efusão. Mas não sentia uma vergonha ainda maior nas manhãs em que acordava depois de seus discursos de homem que tinha bebido?

Olhavam-se sem vergonha, tanto um quanto o outro sentindo que aquele minuto talvez nunca voltasse. Dentro de cada um, havia uma espécie de salto na direção do outro, mas aquilo só aparecia em seus olhos, que não se deixavam mais e que, pouco a pouco, expressavam um grave regozijo.

– Tudo legal com vocês? – lançou-lhes a enfermeira no momento de sair.

A vulgaridade das palavras não os chocou.

– Mais cinco minutos, nada mais – avisou ela ao atravessar a porta, levando nas mãos uma bacia coberta por um guardanapo.

Três desses cinco minutos já tinham se passado quando Nancy pronunciou com a voz mais firme do que antes:

– Tem certeza, Steve?

– E você? – retrucou ele, sorrindo.

– Talvez possamos tentar.

O importante não era o que aconteceria, era que aquele minuto existisse, e ele já se esforçava por não perder o seu calor, tinha pressa de partir, porque tudo o que pudessem dizer só serviria para enfraquecer sua emoção.

– Posso lhe dar um beijo?

Ela fez que sim e ele se levantou, inclinou-se sobre ela, pousou os lábios nos dela com precaução e fez uma leve pressão. Ficaram assim por alguns segundos e, quando ele endireitou o corpo, a mão de Nancy ainda estava presa à sua, precisou soltar-lhe os dedos um a um antes de correr para a porta sem olhar para trás.

Quase não ouviu que a enfermeira o chamava. Não a tinha visto, ao passar perto dela.

– Sr. Hogan!

Parou, viu que ela sorria.

– Peço-lhe desculpas por interpelá-lo desta maneira. É para lhe dizer que, de agora em diante, o senhor só deve vir nas horas de visita, que estão escritas na tabuleta lá embaixo. Hoje, deixaram que subisse porque era o primeiro dia.

Como ele lançasse um olhar para o quarto de Nancy, ela acrescentou:

– Não se preocupe. Cuidarei para que ela durma. Aliás, o doutor me entregou isto para lhe dar. Vocês dois tomarão isso antes de dormir e terão uma boa noite.

Eram dois comprimidos num pequeno envelope branco que ele colocou no bolso.

– Muito obrigado.

A noite estava clara, o cascalho das alamedas brilhava ao luar, ele entrou no carro sem pensar e se dirigiu, não para a casa de sua hospedeira, mas em direção ao mar. Precisava ainda viver um momento com o que sentia nele e que em nada combinava com as luzes da cidade, as músicas, os tiros, os balanços. Nada do que o cercava tinha dimensões ou realidade. Seguiu por uma rua que se tornava cada vez menos brilhante e em cujo final encontrou um rochedo que o mar lambia com um ruído quase imperceptível.

Um ar mais frio vinha de alto-mar, um cheiro forte com que ele enchia os pulmões. Sem fechar a porta atrás de si, andou até a extremidade da pedra, só parou quando a onda tocou a ponta de seus sapatos e, furtivamente, como se sentisse vergonha, refez o gesto que havia feito quando, criança, tinha sido levado pela primeira vez para ver o mar, dobrando o corpo, mergulhando a mão na água, deixando-a ali por muito tempo, para saborear o frescor revigorante.

Depois, não se demorou mais, buscou a fachada azul do restaurante que lhe servia de ponto de referência e encontrou o caminho que havia percorrido a pé, até a casa na qual deveria dormir.

A hospedeira e seu marido estavam sentados na escuridão da varanda, e só os descobriu ao subir os degraus.

– Chegou cedo, sr. Hogan. É bem verdade que o senhor não deve estar com disposição para se divertir. Não tem bagagem? Espere, vou acender a luz lá dentro.

Uma lâmpada muito branca iluminou de repente o papel florido do vestíbulo.

– Eu não vou deixá-lo dormir todo vestido depois de tudo que o senhor passou.

Ela agora já sabia, falava com ele como com alguém que enfrentou dificuldades.

– Como está a pobre da sua senhora?

– Melhor.

– Que choque ela deve ter sofrido! Homens desse tipo deveriam ser abatidos sem que se tivesse o trabalho de mandá-los a julgamento. Se alguém fizesse isso com minha filha, acho que eu seria capaz...

Era preciso se habituar. Nancy também. Aquilo fazia parte de sua nova vida, ao menos por algum tempo. Esperou sem impaciência que a mulher acabasse, e ela foi buscar num dos quartos um pijama de seu marido.

– Pode ser que fique um pouco curto, mas será melhor do que nada. Se o senhor quiser vir comigo, vou lhe mostrar onde fica o banheiro.

Ela apertava interruptores elétricos, tirando uma a uma as peças da escuridão.

– Consegui uma terceira coberta. É de algodão, mas assim mesmo vai ajudar. O senhor a apreciará ao amanhecer, quando a umidade vem do mar com a brisa.

Tinha pressa de se deitar, de se recolher em si mesmo. Levantou-se, entretanto, lembrando-se dos comprimidos do médico e foi engoli-los com um copo d'água. As vozes abafadas do casal lhe vinham da frente da casa, amortecidas, e ele não prestava atenção.

– Boa noite, Nancy – disse num murmúrio que lhe lembrou os sussurros do quarto do hospital.

Havia grilos no jardim. Mais tarde, portas foram abertas e fechadas, passos pesados subiram a escada do primeiro andar, alguém lutou para abrir ou fechar uma janela que parecia emperrada e a única lembrança que guardou da noite foi uma sensação de frio que o penetrava e contra a qual as cobertas eram impotentes.

Não sonhou e só despertou quando o sol o envolveu por inteiro e sentiu seu rosto quase em fogo. A cidade já estava cheia de ruídos e vozes, carros passavam na rua, galos cantavam em algum lugar e dentro da casa havia barulho de louça.

Deixara suas roupas penduradas atrás da porta do banheiro, com o relógio no bolso.

Quando entrou na sala de estar, sua hospedeira exclamou, da cozinha:

– Pelo menos o senhor dormiu. A gente pode dizer que o ar livre lhe fez bem!

– Que horas são?

– Nove e meia. Imagino que o senhor queira uma xícara de café. Acabei de fazer. A propósito, o tenente da polícia passou para vê-lo.

– Que horas eram?

– Umas oito. Ele estava com pressa, porque estava indo para o hospital com alguém. Eu disse que o senhor dormia e ele me proibiu de acordá-lo. Acrescentou que estaria na chefatura a manhã inteira e que o senhor podia ir até lá a qualquer momento.

– A senhora viu a pessoa que estava com ele?

– Não tive coragem de olhar demais. Havia três homens no banco de trás do carro, os três com roupas civis, e eu juraria que o do meio tinha algemas nos punhos. Eu não ficaria surpresa se aquele fosse o sujeito que prenderam ontem em New Hampshire e de quem falam no jornal desta manhã, aquele que fugiu da prisão há dois dias e que, em tão pouco tempo, deu jeito de fazer tanto mal. O senhor sabe do que estou falando. O senhor quer o jornal?

Ela deve ter se surpreendido quando ele disse que não. Deve tê-lo achado frio, mas sua calma não era frieza. Ele entrou na cozinha para tomar a xícara de café que ela lhe serviu, foi tomar um banho de chuveiro, barbeou-se e, quando apareceu na varanda, havia vizinhas nas janelas ou à porta para olhar para ele.

– Posso passar ainda esta noite em sua casa?

– Tantas noites quanto o senhor quiser. Só lamento que seja tão pouco confortável.

Dirigiu o carro na direção da cidade, parou, para o café da manhã, no restaurante em que havia jantado na noite da véspera. Depois que terminou de comer e tomar duas outras xícaras de café, fechou-se na cabine telefônica, pediu o número do acampamento Walla Walla, esperou quase cinco minutos, olhando através do vidro para o balcão atrás do qual se fritavam ovos às dúzias.

– Sra. Keane? Quem fala é Steve Hogan.

– É o senhor, meu pobre amigo? Ficamos bem preocupados, ontem, o dia todo, apesar do seu telefonema. Nós nos perguntávamos o que poderia ter lhe acontecido. Só no final da tarde ficamos sabendo dos problemas da sua esposa. Como está ela, a pobrezinha? O senhor está perto dela? O senhor já a viu?

– Ela está melhor, sra. Keane, obrigado. Estou em Hayward. Espero, amanhã, ir até aí para apanhar as crianças. A senhora não disse nada a elas, não é?

– Só que papai e mamãe estavam atrasados. Imagine que Bonnie disse, ontem à noite, que vocês deviam estar se divertindo muito na estrada. O senhor quer falar com eles?

– Não. Prefiro não lhes dizer nada pelo telefone, avise-os apenas de que estarei aí amanhã.

– O que vocês vão fazer?

Ele continuou, sem se impacientar.

– Voltaremos para casa na terça-feira, quando as estradas estiverem livres.

– Sua esposa terá condições de suportar a viagem?

– O médico afirma que sim.

– Quem poderia pensar que uma coisa dessas aconteceria com ela, logo com ela! Se o senhor soubesse como todos os pais que vêm falar conosco lamentam o que aconteceu com vocês... Enfim! Poderia ter sido pior...

Surpreendeu-se por responder, indiferente:

– É verdade.

Não poderia ir ao Maine, voltar, pegar Nancy no caminho e voltar a Long Island num dia só, a menos que dirigisse como um louco. Seria então preciso que as crianças passassem a noite em Hayward. Felizmente, na segunda à noite, todos teriam partido e não haveria problemas para encontrar quartos nos hotéis.

Pensava em tudo, por exemplo que não precisaria avisar o sr. Schwartz de que sua mulher não iria trabalhar na terça-feira pela manhã, pois, a esta altura, ele já saberia de tudo pelos jornais. O mesmo servia para seu próprio chefe. Poderia se contentar em enviar, na tarde do dia seguinte, um telegrama que seria entregue na terça pela manhã na Madison Avenue, dizendo: *Estarei escritório quinta-feira.*

Tirava a quarta-feira para organizar a casa. Não poderia ainda combinar alguma coisa com Ida, a diarista, pois ela os tinha avisado de que iria passar o weekend na casa dos pais, em Baltimore.

Estudava o terreno, pouco a pouco, esforçando-se por prever tudo, inclusive a história que contaria às duas crianças, não se afastando da verdade a não ser na medida do indispensável, pois elas ouviriam seus coleguinhas da escola comentar a respeito.

Estava feliz por revê-las. Não da mesma maneira que das outras vezes. Havia agora algo mais íntimo entre ele e os filhos. Bonnie e Dan iriam também começar uma vida nova.

Depois da visita de duas horas no hospital, trataria de trocar de carro. Haveria com certeza em algum lugar uma revendedora de carros usados e esses estabelecimentos trabalhavam ainda mais durante o weekend do que nos outros dias. Também não deveria se esquecer de pedir ao tenente que lhe desse um documento provisório, um certificado qualquer para substituir sua licença de motorista, a não ser que, talvez, tivessem encontrado sua carteira.

Haveria ainda outra coisa a fazer, muito mais importante, que não poderia deixar para mais tarde. Estava calmo. Era indispensável que mantivesse todo o sangue-frio. Dirigiu até a highway sem ter a curiosidade de girar o botão do rádio e eram dez e meia quando parou defronte ao posto policial. Um dos carros, diante da porta, que trazia uma placa de New Hampshire, sem qualquer outro sinal característico, devia ser o dos inspetores do FBI que haviam levado Sid Halligan.

Era preciso também que se habituasse a ouvir aquele nome, a pronunciá-lo em sua cabeça. O tempo estava tão bonito quanto na véspera, um pouco mais pesado, com uma ligeira névoa no ar que poderia trazer uma tempestade mais para o final da tarde.

Esmagou o cigarro com a sola do sapato antes de subir os degraus de pedra da entrada, entrou na grande sala na qual um dos policiais estava ocupado interrogando um casal. A mulher, com a maquiagem desbotada, tinha os modos e a voz de uma cantora de cabaré.

– O tenente está em seu gabinete?

– Pode passar, sr. Hogan, vou anunciá-lo.

No tempo em que se dirigiu para a porta, que já conhecia, o haviam anunciado pelo telefone interno, de modo que uma mão puxou a porta ao mesmo tempo em que ele a empurrava. O tenente Murray recebeu-o, pareceu surpreso com sua atitude.

– Entre, sr. Hogan. Imaginei mesmo que viesse. Não lhe pergunto se passou uma boa noite. Sente-se.

Steve sacudiu a cabeça olhando em volta e disse numa voz mais sem vida do que sua voz habitual:

– Ele está aqui?

O policial fez que sim com a cabeça, sempre surpreso, com certeza por vê-lo tão seguro de si.

– Posso vê-lo?

O tenente também se mostrou mais sério.

– Irá vê-lo daqui a pouco, sr. Hogan. Antes disso, insisto para que se sente por um instante.

Assim o fez, obediente, e ouviu como havia ouvido sua hospedeira e as condolências da sra. Keane. Seu interlocutor sentia-o tão bem que falava sem convicção, enquanto enchia o cachimbo com pequenas batidas do indicador.

– Ele chegou esta noite e, logo pela manhã, nós o levamos a Hayward. Não quis lhe falar sobre isso ontem e espero que não se zangue comigo. Era melhor conseguir desde já um reconhecimento formal. Dentro de uma hora, os inspetores retomam com ele o caminho para Sing Sing. Se não fizéssemos isso hoje pela manhã, sua esposa precisaria, mais tarde, se locomover e...

– Como ela estava?

– Nós a achamos surpreendentemente calma.

Steve foi incapaz de reprimir de todo um sorriso que lhe subia espontaneamente aos lábios e que pareceu desconcertar o policial.

– Às dez horas, hoje pela manhã, tivemos um quarto vago no hospital e dei instruções para que a transferissem para lá.

– Alguém morreu durante a noite?

Era preciso que a transformação que se operara nele fosse muito grande para que, mal ele abrisse a boca, o tenente quase perdesse a compostura.

Sem responder à pergunta, o policial interrogou por sua vez:

– O senhor teve uma conversa com sua esposa, ontem à noite?

– Nós nos explicamos – foi tudo o que respondeu.

– Desconfiei disso, hoje pela manhã. Ela parecia mais calma. Entrei primeiro sozinho no quarto para perguntar se ela se sentia forte o bastante para suportar o confronto. Por precaução, o médico ficou todo o tempo no corredor, pronto para intervir. Ao contrário de minha expectativa, ela não demonstrou qualquer nervosismo, qualquer pavor. Disse-me, com a mesma naturalidade com que o senhor me fala agora:

"– Imagino que seja indispensável, tenente.

"Respondi que sim. Ela me perguntou então onde o senhor estava, e respondi que o senhor dormia, o que pareceu lhe dar prazer. E ela disse:

"– Vamos logo com isso.

"Fiz sinal aos dois inspetores para que levassem o prisioneiro.

"Desde que foi preso, ele nega a agressão, pretextando que houve um engano, e admite o resto, que não é tão grave. Eu esperava por isso.

"No momento de entrar no quarto, ele levantou a cabeça e começou a sorrir de modo insolente. De pé no meio do cômodo, ficou olhando para sua esposa com ar de desprezo.

"Ela não se moveu. Seus traços continuaram imóveis. Depois de algum tempo, ela franziu as sobrancelhas, como para ver melhor.

"– A senhora o reconhece? – perguntou um dos inspetores do FBI, enquanto seu colega tomava notas em taquigrafia.

"Ela contentou-se em responder:

"– É ele.

"Ele a fitava com a mesma expressão de desafio e o inspetor continuou a fazer uma série de perguntas às quais, com voz clara, sua esposa continuou a responder:

"– Sim.

"E foi tudo, sr. Hogan. No total, durou menos de dez minutos. Os jornalistas e fotógrafos esperavam no corredor. Só depois que Halligan saiu do quarto perguntei à sua esposa se poderia deixá-los entrar, observando que nunca é bom dar as costas à imprensa. Ela me respondeu:

"– Se o médico não vê inconveniente, que entrem.

"Ela foi corajosa, como pode ver. Confesso que, antes de sair, não pude deixar de lhe apertar a mão."

Steve olhava para frente, sem nada dizer.

– Não sei se ela será obrigada a comparecer pessoalmente quando o caso for a júri. De qualquer modo, as acusações são bastante importantes e bastante complicadas para que isso não aconteça senão dentro de várias semanas e, daqui até lá, sua esposa estará restabelecida. Talvez o tribunal se contente com uma declaração juramentada.

O tenente parecia cada vez mais constrangido. Por mais que observasse Steve, não conseguia compreender. Parecia que sua atitude o desconcertava.

– O senhor continua querendo vê-lo?

– Continuo.

– Agora?

– Assim que possível.

Murray deixou-o a sós e Steve se levantou, ficou de pé, virado para a janela, com ar de quem medita.

Ouviu idas e vindas pelos corredores, barulho de portas, de passos de diversas pessoas. Depois de um tempo bastante longo, o tenente entrou na frente, deixando a porta aberta atrás de si, e foi se sentar à sua mesa.

O primeiro a entrar a seguir foi Sid Halligan, os pulsos unidos pelas algemas, e atrás dele vinham os inspetores do FBI.

Todos, à exceção do tenente, ficaram de pé. Alguém havia fechado a porta.

Steve continuava virado para a janela, cabeça baixa, punhos fechados no final dos braços que pendiam. O sangue fugira de seu rosto. Uma névoa brotava em sua testa e acima de seus lábios.

Viram-no fechar os olhos, esticar-se como se precisasse de toda a sua energia e então, devagar, ele fez um quarto de volta sobre si mesmo e se viu frente a frente com Halligan.

O tenente, que observava ambos, acompanhou o apagar progressivo do sorriso no rosto do prisioneiro.

Por um momento, teve receio de que devesse intervir, chegou mesmo a se erguer um pouco da cadeira, pois Steve, cujos olhos pareciam não conseguir se afastar dos olhos do agressor de sua mulher, começou a ficar tenso, seu corpo endureceu, seus maxilares começaram a se projetar.

O punho direito moveu-se alguns centímetros e Halligan, que percebeu, ergueu rapidamente os braços presos pelas algemas e lançou um olhar de medo a seus guardiões, como se pedisse socorro.

Não haviam trocado uma só palavra. Não se ouvia qualquer ruído. Mais uma vez, Steve relaxou, seus traços se arredondaram, seus ombros baixaram lentamente, seu rosto se enevoou.

– Perdão... – balbuciou.

E os outros não sabiam se era por causa do gesto que ele acabava de evitar por pouco.

Podia agora olhar Halligan de frente, com a expressão que tinha há pouco quando o tenente falava com ele, a expressão que era a sua desde a noite da véspera.

Olhou-o por muito tempo, como se impusesse a si mesmo fazê-lo, porque isso lhe parecia indispensável antes de começar sua nova vida.

Ninguém suspeitou que foi uma parte dele que quase bateu quando ele ergueu o punho, nem que foi alguma coisa do seu passado que ele enfrentou nos olhos do prisioneiro.

Agora, tinha visto a luz no final do túnel. Podia olhar para outro lugar, voltar à vida de todos os dias. Olhou ao seu redor, surpreso por vê-los tão tensos, e pronunciou com sua voz natural:

– Isto é tudo.

E acrescentou:

– Muito obrigado, tenente.

Se tivessem perguntas a lhe fazer, estava pronto. Nada mais era importante. Nancy também tinha sido corajosa.

Shadow Rock Farm, Lakeville (Connecticut),
14 de julho de 1953

#PCK01391
Sinal vermelho

IMPRESSÃO:

GRÁFICA EDITORA Pallotti
IMAGEM DE QUALIDADE

Santa Maria - RS - Fone/Fax: (55) 3220.4500
www.pallotti.com.br